TIME TRAVELL

时间旅行者 系列
超时空碎片

[葡]瑞吉娜·贡萨尔维斯 著　　刘勇军　吴 华 译

APGTIME　时代出版传媒股份有限公司
安徽少年儿童出版社

著作权登记号:皖登字 121414022 号

本书中文简体版权经由锐拓传媒取得(copyright@rightol.com)。
由安徽少年儿童出版社出版发行。

图书在版编目(CIP)数据

超时空碎片 / (葡)贡萨尔维斯著; 刘勇军, 吴华译. —合肥:安徽少年儿童出版社,2016.1
(2019.1重印)
(时间旅行者系列)
ISBN 978-7-5397-8302-4

Ⅰ.①超… Ⅱ.①贡… ②刘… ③吴… Ⅲ.①儿童文学 – 长篇小说 – 葡萄牙 – 现代 Ⅳ.①I552.84

中国版本图书馆 CIP 数据核字(2015)第 232423 号

SHIJIAN LÜXINGZHE XILIE CHAOSHIKONG SUIPIAN
时间旅行者系列·超时空碎片

[葡]瑞吉娜·贡萨尔维斯　著
刘勇军　吴 华　译

出 版 人:张克文　　　策　划:丁 倩　　　责任编辑:丁 倩　王笑非
装帧设计:唐 悦　　　责任校对:冯劲松　　　责任印制:田 航
出版发行:时代出版传媒股份有限公司　http://www.press-mart.com
安徽少年儿童出版社　E-mail:ahse1984@163.com
新浪官方微博:http://weibo.com/ahsecbs
腾讯官方微博:http://t.qq.com/anhuishaonianer（QQ:2202426653）
(安徽省合肥市翡翠路 1118 号出版传媒广场　邮政编码:230071)
市场营销部电话:(0551)63533532(办公室)　63533524(传真)
(如发现印装质量问题,影响阅读,请与本社市场营销部联系调换)

印　　制:阳谷毕升印务有限公司
开　　本:710mm × 1000mm　　　1/16　　　印张:9.75　　　字数:131 千字
版　　次:2016 年 1 月第 1 版　　　2019 年 1 月第 4 次印刷

ISBN 978-7-5397-8302-4　　　　　　　　　　　　　定价:26.00 元

版权所有,侵权必究

销量突破百万，已售出六国版权，人气暴涨进行**时**！

葡萄牙畅销书作家，国内知名译者、画者合作无**间**！

穿越过去、现在、未来和多个平行空间的冒险之**旅**！

破文明密码、听伟人启示、迎生死挑战的震撼之**行**！

会逻辑推理、懂生存技巧、知科学常识的学习王**者**！

编者的话

太阳和地球的运动很复杂？不！爱因斯坦用一张床单、一个柠檬和一个西瓜就能解释。

反射原理很难理解？不！阿基米德借"死亡之光"火烧敌舰，就能轻松诠释其中奥秘。

书中精彩的情节完全可以成为老师趣味课堂的讲解案例，重在强调学科间联系的跨学科学习方式更值得推荐，故本书享有"欧洲具有影响力的学习型小说"的称号。分册被巴西教育部、巴西理论数学和应用数学研究所、著名私立学校等选为教材，是家长和老师都可以放心的一套课外书！

超时空旅行 + 爆棚的知识 + 烧脑的挑战

=

活百科全书

特殊时间

融合过去、现在和未来，堪比《星际穿越》。

神秘地点

埃及、希腊、巴黎、意大利、外太空……

课堂知识

涉及历史、美术、音乐、物理、数学……

课外知识

生存技能、交流技巧和逻辑推理能力……

名人对话

福尔摩斯、爱因斯坦、毕加索、阿基米德、卓别林……

角色扮演

侦探、神使、特工、飞行员……

生死挑战

破案、飞行、设计机关……

凯厄斯是个普普通通的少年，就像你一样，喜欢玩电脑、打游戏、看电视、踢足球……但他最爱的是滑板。

凯厄斯的爸妈总是在他的耳边唠叨着要在学校里获得更好的成绩，这让他觉得有点儿喘不过气。有一天，他正在上网，突然听到"哔"的一声，一封来源不明的电子邮件闪烁着。凯厄斯打开邮件，只见上面写着：

欢迎你，我的好奇小子！

身处险境的人正需要我们的帮助，谁能解决这个谜题，谁就将拯救他们。

时间之谜：

清晨，我是蒙童；

傍晚，我是猎人；

第二天，

周围的一切，

皆被我抛弃。

我是谁?

用你最快的速度解谜!

  凯厄斯盯着那封邮件想了想,键入了他的答案,然后……"咻"的一声——他不见了!凯厄斯被吸入了时空隧道,不知不觉地接受了他的使命:到过去、现在、未来和平行空间里去,探访人类的文明宝藏,见证重大时刻的发生。

  这就是你正在读的这套"时间旅行者系列"的由来。这是一套大人和孩子都会喜欢的幻想小说。在神秘、悬疑的故事中,将各种领域的知识——世界历史、艺术、哲学和科学等融为一体,碰撞出奇特的火花,让另一位时间旅行者收获阅读的快乐、积累知识并激发好奇心。而那位时间旅行者,就是你!

  凯厄斯·奇普将去发现历史,亲历那些关键的转折点。经过一次次冒险,他变得越来越成熟,并且明白一个道理:要搞定各种麻烦,就必须发挥自己的才能,比如推理的力量!这已经成为他在冒险中学到的最厉害的本事,并能运用得恰到好处。

  穿过时空隧道的大门,凯厄斯正走向他的使命。

  冒险的下一站:《超时空碎片》。

目 录
MU LU

第一章　匿名邮件

　　凯厄斯·奇普觉得家里忒没劲了,这会儿他坐在他的房间里,百无聊赖地浏览着网页,不知道做什么才好。他已经轻松地通过了那款新游戏的所有关卡,其他游戏再也勾不起他的兴趣。

　　他叹了口气,整个人倒在床上,打开了电视机。他换了一个又一个频道,想找些有意思的节目看,最后还是放弃了。他索性关掉电视,走到镜子前面,不禁抚摸了下眼周已经变浅的瘀青——上次踢足球付出的代价。起码在眼睛意外挨了别人胳膊肘这一下之前,他正设法把球传给他一个刚刚进了一记倒钩球①的朋友。他侧身瞧了一眼略为肥嘟嘟的肚子,又想起被迫开始节食,不禁不愉悦地嘟囔了一声。他飞快地把一头深棕色的头发弄得乱七八糟,他就喜欢这个样子,一想到母亲会因为不喜欢他乱乱的头发而皱起眉头,他咧开嘴笑了。

　　他琢磨起了他的生活:他刚上六年级,一下子多了很多新课程,作业也多得做不过来,书包则更是越来越重。和同龄人一样,他也感觉压力大得透不过气来,虽然他很喜欢学校,特别是在休息时间和朋友们一起玩耍,可他

----

　　①倒钩球是人在腾空状态下且头下脚上将球踢入球门,是足球比赛中一种非常规性的射门方式。

还是感觉六年级的他不再像从前那般快乐。现在,好像再也没有人会和他说"亲爱的,去外面玩吧!""小可爱,你长得可真快!",别人只会对他说"作业写完了吗?""你的数学成绩到底为什么这么差?"。

一看到他糟糕的成绩,父母就命令他一周内不许玩他最爱的滑板。更糟的是,洲际滑板比赛就快开始了,他赢得冠军的机会很大。可从现在到考试那天,吉娜老师都会来家里给凯厄斯补课。他心想:"要是分数提高不了,我的冠军宝座可就没了!都怪那该死的数学,每次都拖后腿。数学真是太可怕了!"一想到数学,他的脑子就一团糟……

凯厄斯·奇普真盼着时间能停下来。他特别希望能有多一些像现在这样的时间,悠闲得什么也不用做。

"咚,咚!"

一阵敲门声后,他母亲的声音在门的另一边响起:"你的房间乱不乱?"没有等凯厄斯回答,她继续说道,"赶快梳梳你的头发,吉娜老师来了。"

"该死的!"他抱怨道,"偏偏是今天,我可没心情学数学。"

他在房间里急得团团转,以最快的速度整理好床单、书籍,又戴上他最喜欢的棒球帽遮住头发。

"你好,凯厄斯!"门那一边传来含糊不清的声音,"我能进来吗?还是应该从门下面滑进来?"

"从门下面滑进来?"他眨眨眼睛,不太明白这话是什么意思。

"那好吧!"吉娜将一张写有字的纸条从门下滑进屋内。上面写道:

今天天气不错。我们为什么不坐船环游世界?我们还可以做一张大大的渔网呢!我们就用"幂"来做渔网,怎么样呀?

他打开门,只见一个又高又瘦、戴着眼镜的女人站在门外,便问道:"幂?"

"没错!"吉娜的眼里闪过了一丝神秘的光芒,"幂是表示一个数字乘若干次的形式。我们看看在幂的帮助下制成的网吧。"

"网？"

"当然啦。我今天只想钓鱼。"她信步走进屋里，舒服地坐在他的电脑前，"不过我捕捉的不是鱼，而是信息。来看看互联网怎么样？我们看看这个网络里有什么指数，好吗？快过来！准备好，开始航行！"

吉娜甚至没等他那由于惊讶而张大的嘴巴闭上，就径直走到他的书桌前拿了一张白纸。

她一边急促地写着，一边解释："我们开始制作网络。想象我们想和其他电脑交流。"

她举起第一幅简图给他看。

"首先假设有两台电脑。"

"现在翻倍：2 × 2=4。"

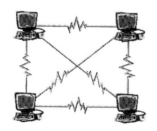

"再翻倍：2 × 2 × 2=8。"

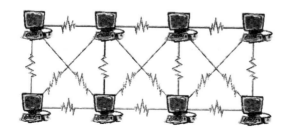

"如果你愿意,可以将这个网重复很多次:2×2×2×2×2×2×2······现在想象有三台电脑,而不是两台。"

"只需要翻三倍:3×3。"

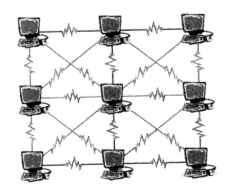

"再翻三倍······也就是 3×3×3······"

"嗯,真好玩儿!"凯厄斯说着拿过一把椅子,靠近了些。

"一旦形成了网,我们就可以开始做一件有意思的事了。"吉娜向电脑屏幕靠了靠,"我们把信息'钓'出来。我们先创建一个聊天室,然后想象你有 7 个朋友。每天给每个朋友发 7 封邮件,每封邮件的信息量包含 7 句话,每句话配 7 幅简图。那么你能告诉我你每天发出的信息总量是多少吗?"

凯厄斯拿过一张纸,写道:

首先是 7 个人;

给 7 个人发 7 封邮件则是 7×7=49;

每封邮件有 7 句话则是 7×7×7=49×7=343;

最后每条信息还配有 7 幅简图,那就是 7×7×7×7=343×7=2401;

所以我每天要发出的信息总量是 2401······

他写呀写呀,不禁咯咯直笑,觉得这个游戏很好玩儿。

"够了!你不觉得这么没完没了地翻倍会把你的纸画得乱七八糟吗?其实用不着写这么多7,我们可以用另一种方式代替。你看这么写好不好——$7 \times 7 \times 7 = 7^3$ 或 $7 \times 7 \times 7 \times 7 = 7^4$。这些重复的数字为因子,称为幂的底数。因子的数量称为指数,或是幂的指数,结果称为幂的值。如下图所示。"

$$底数 \quad 2 \times 2 \times 2 \times 2 \times 2 = 2^5 = 32 \quad \overset{指数}{—— 幂的值}$$

"由指数可知底数要做多少次幂运算。而且,底数可以是任何数,即整数、小数或者分数,它们都可以做幂运算。

"幂应该这样读:$5^2 =$ 五的平方;$5^3 =$ 五的立方;$2^5 =$ 二的五次幂;$3^4 =$ 三的四次幂;$4^6 =$ 四的六次幂;$8^1 =$ 八的一次幂,不过没有必要算一次幂,因为结果还是8。"

"吉娜,我想把这些神奇的密码发给我的朋友们。"凯厄斯兴奋地说。

就在他开始写信息的时候,吉娜打断了他:"我们已经知道,7的平方等于49,7的一次幂是7,可7的零次幂是多少?"

"我的直觉告诉我是零。"他断言道,正沾沾自喜自己十分聪明。

"错错错!应该是1。"

"怎么可能是1?"凯厄斯惊讶地说。

"可别误以为是 $7 \times 0 = 0$,因为我们说的是一个数的零次幂。要想解决这个难题,我们应该了解幂的属性。

"1.同底数幂相乘,底数不变,指数相加。例如:$3^2 \times 3^3 = 3 \times 3 \times 3 \times 3 \times 3 = 3^5 = 3^{2+3} = 243$。

"2.同底数幂相除,底数不变,指数相减。例如:$4^4 \div 4^3 = 4 \times 4 \times 4 \times 4 \div (4 \times 4 \times 4) = 4^1 = 4^{4-3} = 4$。

"所以,如果一个被除数和一个除数的底数和指数相等,结果是什么呢,凯厄斯?也就是 $6^3 \div 6^3 = 1$,因为分子和分母相同。而且,按照上面说的,$6^3 \div 6^3 = 6^{3-3} = 6^0 = 1$。所以,任何数字或表达式的零次幂都等于1。"

"你是说这就是答案?我这辈子都猜不到!"凯厄斯盯着纸说。

"呵呵,你别急!"她继续解释,"我们继续说幂的属性。

"3.幂的乘方运算要注意指数的形式,如果有括号,要先算括号内的;没有括号,要先确定指数部分,再做幂运算。$(a^b)^c$ 和 a^{b^c} 的结果就不一样,例如:$(2^3)^2$ 是 2^3 的平方,即 $(2^3)^2 = 8^2 = 64$。2^{3^2} 是 2 的 3^2 次幂,即 $2^{3^2} = 2^9 = 512$。可见这二者之间有多大的差距!

"4.对于 10 的幂,指数是几,结果就有几个零。例如:$10^1 = 10$;$10^2 = 100$;$10^3 = 1000$;$10^4 = 10\ 000$。"

"说完了吗?今天剩下的时间,我们上上网吧。"凯厄斯的情绪没有一开始那么糟糕了。

他们浏览了各种搜索引擎,并且出乎意料地发现了一些特别的东西。

"嘿,这好像有个奇怪的网站。"凯厄斯一边问,一边浏览那个网站,想找到详细信息。

"休息结束!"吉娜说着轻撞了一下他的肋部,"你上了网,了解了幂的属性,很不错。现在继续,今天的课还没结束呢。"

"不干!"

"不行!关掉电脑!"

就在他们斗嘴的时候,电脑传来"哗"的一声,十分清脆。

"你收到了一封电子邮件。"吉娜看着屏幕说。

凯厄斯点开邮件，读了起来："如果你喜欢挑战，敬请访问谜题网站。"

他点击了这个链接——

欢迎你，我的好奇小子！

身处险境的人正需要我们的帮助，谁能解决这个谜题，谁就将拯救他们。

时间之谜：

清晨，我是蒙童；

傍晚，我是猎人；

第二天，

周围的一切，

皆被我抛弃。

我是谁？

用你最快的速度解谜！

凯厄斯解开了谜语，敲入答案，发送信息。他焦急地等待回复，就在这个时候……

"嘿，你去哪儿了？"吉娜一边问，一边在房间里疯狂地找他。

真是太不可思议了！凯厄斯居然就这样在吉娜老师的面前"咻"地消失了，像是被施了可怕的咒语一般。

"这不可能！"吉娜叫喊道，眼睛里的恐慌越来越强烈，"凯厄斯……"

第二章 法老复仇记

第一节 突降古埃及

凯厄斯·奇普慢慢地睁开眼睛,让感官和意识渐渐恢复,适应着新的地点和新的时间。他躺着的床的上方高悬着吊顶,装饰繁复,投下弯曲闪烁的暗影。一阵微风把他的视线引到窗边,精致的白色窗帘飘拂着,漏出一片皎洁的月光。一股甜丝丝的香料气味,让这里更加宜人。他环顾左右,看见栏杆和彩绘的墙壁都被形状各异的蜡烛照得影影绰绰。这个奢华的房间内绘着各种奇怪的图案,就像以前在关于古埃及的书上看到的那些似的。

睡眼惺忪的凯厄斯渐渐定了神,发现周围有些穿着浅色长袍、戴着彩色配饰的人。这些男男女女,他一个都不认识,但令他突然感到不自在的是重重包围过来的恐惧和不安。

这时,在那些装束怪异的人中间,一个高个子男人站了起来。他的皮肤比其他人更苍白,长着一头红棕色的头发,闪烁的黑色眼睛如同鹰隼。他穿着极其华丽的衣服,头上戴着红白两色的王冠,王冠上雕着蛇和秃鹰,颇有象征意味。

这个高贵的男人径直向床边走来,他每走一步,周围的那些男女便毕恭毕敬地弯腰施礼。他用略带同情的语调打破了沉默："你终于醒了,我的神使!"

"神使?"凯厄斯费劲地坐起来。

"但愿你经历的那场事故没有伤到你的脑袋。"

"事故?我在哪儿?"

"哈哈,你在我的宫殿里!我们已经等了你好一会儿了。至于事故嘛,我看你应该好好改进一下着陆的本领,毕竟落在金字塔①顶上不是那么方便。"

"金字塔?埃及?"

他挥了挥手,展示着那枚有点儿像邮票的印戒,自我介绍说:"我是拉美西斯二世②,是光之子,是太阳神拉③之子,是上埃及和下埃及④的统治者,是至高无上的王。而你,是太阳神拉派来助我建造神殿的使者。因此,我要向你毫无保留地展示埃及的千年智慧,我希望你在完全掌握后,还能担任传播智慧的使命!在梦中,我已预知了你的到来,待你结束使命时,我将为你揭开我们至宝的秘密。"

凯厄斯彻底糊涂了,但他决定还是不要跟这位"至高无上的王"争执为好。于是他保持沉默,期待能得到一点儿时间来弄清楚到底发生了什么。

---

①金字塔:在建筑学上是指锥体建筑物,著名的有埃及金字塔、玛雅金字塔等。一般来说基座为正三角形或四方形的正多边形,也可能是其他的多边形,侧面由多个三角形或接近三角形的面相接而成,顶部面积非常小,甚至成尖顶状。

②拉美西斯二世:古埃及第十九王朝第三任统治者,塞提一世之子,拉美西斯一世之孙,于公元前1279年—公元前1213年统治埃及,是历史上公认的最伟大的埃及法老。拉美西斯二世为后世留下了恢弘巨大的建筑遗迹,并以卡迭石之战闻名于世。拉美西斯二世最主要的敌人是赫梯人,在卡迭石一役后,他与赫梯人缔结银版合约,双方协议互不侵犯。

③太阳神拉:在埃及神话中,太阳神拉的形象为鹰首人身,掌管着世间万物和宇宙运行,主要标志和象征是日轮和方尖碑。

④上下埃及是埃及在前王朝时期,以孟斐斯为界,位处尼罗河上下游的两个各自独立的政权。上游南方地区为上埃及,下游北方地区为下埃及。

拉美西斯二世吩咐给客人上菜，立刻就有好几个不知从哪儿钻出来的侍女，备好了一桌丰盛大餐——有装满椰枣、石榴、无花果和葡萄的篮子，有各式各样盛着肉、鱼和蔬菜的盘子，还有用大麦和葡萄酿成的酒。

拉美西斯二世仰望着闪烁的星空，过了好一会儿，他自言自语道："像星辰那样的，便是点；两个点联结，便可得到能丈量任何地方的线；用点加上线，便构成了没有边界和尽头的平面。就像梦境那样无边无际，就像征服之心那样无边无际……"

他突然转过头来，盯着凯厄斯，若有所思地说："亲爱的孩子！我们的征程才刚开始，未来还有很多要做的事情。现在，好好休息吧，这样你才能更好地面对醒来后的新世界！"

拉美西斯二世离开了房间，凯厄斯还愣愣地盯着他刚刚站着的地方。他根本就无法闭上眼睛，更别提什么睡觉了。他跌跌撞撞地走到桌子边，从一只罐子里往水盆中倒了些水，胡乱扑在脸上。他停下来，盯着那面打磨得很光滑的铜镜，镜子里的自己还是原来那棕色的眼睛、棕色的头发。

凯厄斯决定把睡觉的时间用来熟悉这个宫殿，当然，他的后面寸步不离地跟着拉美西斯二世的卫兵。他漫步在一眼望不到头的走廊上，所见的一切都令他惊叹不已。墙壁在灯火的照耀下，显露出红色、蓝色、金色的壁画，周围的家具和摆设也极尽奢华。丰富动人的色彩勾勒出那个时代的日常生活，也勾勒出人们的文化和信仰。

第二节　两位智者朋友

经过如此兴奋的一夜,第二天,凯厄斯已经决定接受自己的命运,看看时间机器到底给他安排了什么任务。

拉美西斯二世带着凯厄斯和随从们来到了沙漠之中。凯厄斯看见那里满是忙忙碌碌的工人,他猜大概有两万人,好像正在建造什么庞大工程。这些人并不是奴隶。他们当中有一部分是长工,另一部分是农民。每年的八九月份,尼罗河①的水位上涨到最高时,便会淹没了两岸的土地;十月之后,洪水消退,将河水中肥沃的泥土留下。这就是颇负盛名的黑土。

拉美西斯二世从两匹白马拉着的双轮战车上走下来,扫视着整个工地,盯着那些搬运着白色巨石的工人。他们把圆木放在沙地上,铺成轨道,然后将重物放在轨道上,用牛拉着向前滑。巨大的石块和其他建筑材料源源不断地从船上被搬下来,它们应该是沿着尼罗河,从很远的地方运来的。

一个又高又壮、有着橄榄色皮肤的男人正大声喊叫着,指挥着工人们

---

①尼罗河是世界上最长的河流,位于非洲东北部,全长 6671 千米,流域面积 287.5 万平方千米,约占非洲面积十分之一。

干活，当他看见随从的时候，就向他们走了过来。在向拉美西斯二世进行了简短问候之后，他在凯厄斯面前站定了。

"这是萨里①，"拉美西斯二世对凯厄斯说，"他是我的导师，现在也是建筑师，负责建造我最为重要的一座纪念碑。我们埃及人是运用平面空间知识的先行者，我们以此建造了许多伟大的建筑，以取悦我们那追求完美的神。当然，我们也用这些知识来丈量土地、计算面积，好向农民们征税。建造这样一座建筑至少要花十五年的时间，但这是值得的，神一定会奖赏我们，保佑我们在战争中战胜敌人。"

"欢迎你，神使，"萨里爽朗地笑着说，"希望我能在你的学习方面帮上忙。"

"这我当然知道啦！呃，你是拉美西斯二世的导师？"

萨里点点头。

"真是怪了！我从没想过，法老也需要导师！"

"为何不需要？"拉美西斯二世有些尴尬。

"法老不是生来就什么都会的吗？"

"呃，"拉美西斯二世咕哝着，"一个伟大的人必须学习很多知识，这样才能知道怎样最大限度地运用权力。再说，仅仅拥有法老儿子的身份是不足以继承王位的，他必须通过很多知识的考验，比如天文学、文学、数学以及宗教仪式，关于勇气的考验也是必须的。就我自己来说，我父亲为我准备的考题是跟一头公牛搏斗，我所凭借的只有自己的赤手空拳和智慧。如果没有萨里导师讲授的知识和太阳神拉的守护，我是不可能成功的。"他说完，便向凯厄斯展示了战果——挂在腰带上的公牛尾巴。

"真是了不起啊！那时候你多大？"

---

①萨里：作者虚构的埃及建筑师。后文中萨里与赫拉克利特的争辩体现出了埃及和希腊两大古文明之间的比较与竞争。

　　"差不多十四岁。我的父亲塞提一世①不仅让我从小接受这些考验,他还让我以总司令的身份和他一起参加了对利比亚的战争。他就是这样培养他的继承人,使他能在勇气、意志和知识上都足以统治整个埃及。"说完,拉美西斯二世面向沙漠,深深地呼吸,欣赏着那广袤无垠的沙漠。

　　这时,一个男人正向这边走来,他的身影吸引了拉美西斯二世。

　　"希腊人,我们的朋友!"拉美西斯二世马上认了出来。

　　"那是谁?"凯厄斯问。

　　"智者赫拉克利特②,"建筑师萨里回答道,"他远道而来是为了学习我们的建筑技术。他喜欢观摩我们建造神庙时是怎样测量得如此精确,也善于分析我们祖先建造的那些巧妙建筑。不过,我们并没有把那些机关也展示得一清二楚,否则就抓不到盗墓贼了。我们现在正在建的这些神庙是为了守护帝王谷中的陵寝,那里有法老的遗体和财宝。"

　　凯厄斯仔细观察这名来客,只见他穿着极其简单的袍子和皮制凉鞋,拎着水袋和一大卷用皮绳扎起来的羊皮纸手稿。

　　"朋友们!"希腊人走到他们的面前,打了一声招呼。

　　"你好吗,赫拉克利特?"拉美西斯二世欢迎道。

　　"我又要来向你们学习本事啦,陛下。我能问一下这个男孩是谁吗?"赫拉克利特盯着凯厄斯,像是要从他的装束上猜出他是从哪儿来的。

　　"这是太阳神拉派来的神圣使者,他是来学习建筑艺术的,并且会帮我们建造我的神庙③。"

　　赫拉克利特似乎对凯厄斯很好奇,特别是他的衣服。

---

　　①塞提一世:古埃及第十九王朝第二任统治者,拉美西斯一世之子,塞提一世在其在位的最后一年间征服了巴勒斯坦,对西部边境地区的利比亚人展开攻势,并与赫梯人交锋。
　　②赫拉克利特:这一人物以古希腊最著名的哲学家之一赫拉克利特为原型虚构而成。
　　③此处是指阿布辛贝神庙。

"时间就像是玩一副国际象棋的年轻人，棋子'国王'总是在他手里。^①"这位希腊学者意味深长地说，"很荣幸见到你，神圣的使者，我很高兴能在你完成任务的过程中助你一臂之力。"

"请叫我凯厄斯就好。"

"很好！那么，开罗就是你的名字。"这位希腊学者似乎没听清"凯厄斯"的发音，才蹦出一个"开罗"来。

"是凯厄斯！"

"好的，凯厄斯，随你所愿。"赫拉克利特微微一笑，他很快就打开他的行李，展示给大家看，"诸位，今天我带来了我的著作和一些运算原理……"

"你的？"萨里涨红了脸，大声说道，"你怎么敢这么讲？我们埃及人建造神殿由来已久，而你不过是喜欢在你那该死的卷轴里高谈阔论罢了。你就当自己是我们千百年知识的主人了吗？"

"不不，当然不是了，萨里，我只是想把这些记录下来而已。你们的书写方式太复杂了，你不觉得吗？"

"所以你们希腊的一切都是完美无缺的了？"

"不。希腊还没有统一，我们还在寻找疆土，好让文明开始。我来这儿的最终目的就是学习知识，然后回去传授给希腊的人民和未来的孩子们，教会他们如何利用这些知识建立一个伟大的国家。比如说，这些面包卷般的庙宇^②是怎么建造的……"

"住口！不允许你这么污辱我们的建筑！"萨里的脸涨得通红，急得直冒汗，他大喊道，"你们这些希腊人，总是用你们那一套给古埃及法老的绝世之作胡乱命名，我再也受不了了！再加上那些挨千刀的盗墓贼，我们也不得

①这句话出自古希腊哲学家赫拉克利特的名言："时间就像是一个玩跳棋的孩子，支配权总在他手里。"这句话体现了赫拉克利特的时间观，他认为时间总是一刻不停地流动着的。
②这里指金字塔建筑。

不停工了！"

"好啦好啦，我的朋友，那些名字只是忠实描述而已。难道你不觉得，那确实挺像在太阳下炙烤的面包卷吗？"

"一点儿也不像！我们在希腊不是已经达成共识了吗？我们将把它命名为'金字塔'。你们必须用我们的命名方式来称呼它们！"

"好吧，"赫拉克利特坏笑着点点头，"那么那个细细的、高高的、像烤肉叉子般的石碑呢？"

"那是方尖碑①！"萨里绝望地大叫道，"它们是神圣的，是献给太阳的。我看你来这儿的原因是想找个人打一架，是吧？"他的眼神就像沙漠里那些毫无预兆地席卷而来的风暴。

拉美西斯二世觉得最好还是干预一下："够了，你俩！只会打仗不懂交际的将军们都知道如何结束一场战役，你们这些聪明人倒不知道见好就收了，是不是？"

争执渐渐平息了下来，建筑师萨里开始向凯厄斯介绍他的工程，并且详细解释了如何测算那些金字塔的表面积。

"我要做一个模型，这样就能向你展示我们的巧妙计算了。只要用最基本的方法，就能一通百通。"

---

①方尖碑是古埃及的另一件杰作，也是除金字塔以外，古埃及文明最富有特色的象征。方尖碑外形呈尖顶方柱状，由下而上逐渐缩小，顶端形似金字塔尖。方尖碑一般以整块的花岗岩雕成，重达几百吨，它的四面均刻有象形文字，说明这种石碑的三种不同目的：宗教性（常用以供奉太阳神阿蒙）、纪念性（常用以纪念法老在位若干年）和装饰性。

第三节　金字塔面积之谜

　　萨里让工人们找来一些小的长条石块,把它们两两相接,摆成一个矩形,长边为 8 块石块,短边为 5 块石块。

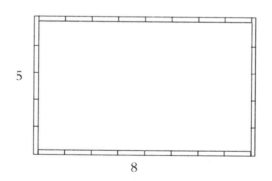

　　然后他又找来许多正方形的石砖,铺进这个矩形石框。石砖的边长和长条石块的长边边长相等。当石砖刚好铺满整个矩形石框之后,他数了数石砖的数量,并把数字记载在一块湿泥板上。

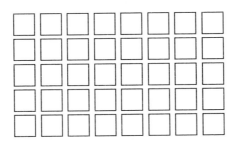

"根据正方形石砖的数量，我们可以计算出这个平面的大小……"

"我要称之为'面积'！"赫拉克利特高兴地说，"我们希腊人确实很擅长取名！"

萨里生气地瞪着他，干巴巴地说："赫拉克利特最喜欢把我们埃及的知识写在他的羊皮纸①上，有时候还会在上面作诗呢。我们则是在莎草纸②上进行记载，不过，那些古卷都和其他重要的文献一起被放在'生命之屋'③中，如皇家年表、宗教仪典、星图、医药典籍和数学原理。至于日常书写，我们则使用泥板和砖。"

"但是，和石砖做的模型以及记录算法的泥板比起来，羊皮纸要更方便携带呀！你说呢？"

还没等萨里回答，赫拉克利特就展开一张羊皮纸，继续解释道："你看，建筑师的计算方法我都写下来了。

---

①羊皮纸是制作书本或提供书写的一种材料。事实上并不仅由小羊皮做成，有时也用小牛皮来做。公元前170年左右，帕加马国王欧迈尼斯二世率先使用羊皮纸。以羊皮经石灰处理，剪去羊毛，再用浮石软化，便成了这种新的书写材料。

②莎草纸是古埃及人广泛采用的书写介质，它用当时盛产于尼罗河三角洲的纸莎草的茎制成。大约在公元前3000年，古埃及人就开始使用莎草纸，并将这种特产出口到古希腊等古代地中海文明地区，甚至遥远的欧洲内陆和西亚。

③拉美西斯二世用来作为图书馆、档案室和写字间的地方。

长方形或正方形的面积 = 长边的数字 × 短边的数字

"想计算面积，只要把两个边长的长度相乘就可以了。所以这个模型的面积就是：5 块石砖 × 8 块石砖 = 40 块石砖。"

"我们埃及人认为这一算法应该更复杂些，"萨里坚持道，"我不知道你所谓的乘法是什么东西，但是最好把数字一次一次地相加起来，结果也是一样的。"

"噢，没错！"赫拉克利特说，"不过，我要称石框四条边的总长为'周长'，以宙斯①之名！噢，我真是太善于取名字了！"

"唔，这样看来，还是你那个'面包卷'取得更好听一些。"萨里皱着眉头嘟囔着。

"因为有四条边，"赫拉克利特没理会萨里，"比如这个模型，两条边是 5 块石砖，另外两条边是 8 块石砖，那么……2 × 5 = 10 块石砖，2 × 8 = 16 块石砖，10 + 16 = 26 块石砖，或者 26 块小石头……或者 26 个小立方体？还是 26……呃，尺寸……"

"什么？"萨里无奈地举起双手，"你这是在干什么？"

"啊，我只是不知道该怎么表达这个尺寸。每个地方的度量都不一样，比如在埃及，测量单位是腕尺，其标准是自肘部到中指末端的长度。那么叫它什么呢？米②！米！怎么样？在希腊语里，这个词是'尺寸'的意思。③建筑中用的那些石块，我们就用'米'作为单位，怎么样？那么，'米'的一千倍，就

---

①宙斯：希腊神话中的众神之王，掌管着天地万物，是凡人和奥林匹斯众神的保护者和统治者。文中此处用"宙斯"是赫拉克利特为表示激动的心情。

②物理单位中的十进位米制，在 18 世纪 90 年代法国大革命期间推行使用。与法国大革命中提出的其他理念一样，"米"的推行是对单位标准化的一种尝试，意在使所有人都能平等地使用。

③"meter"在希腊语中有测量、尺寸的含义，"米"是此单词的谐音。

叫'千米';'米'的十分之一,就叫'分米';'米'的百分之一,就叫'厘米'。你们意下如何?"

"不怎么样!简直是乱七八糟!"

"我觉得这些名称挺好记的嘛!"

在他们争执不休的时候,拉美西斯二世遥望着地平线。这位伟大的统治者,这位太阳神拉在人间的代理人,正凝视着笼罩在沙漠之上的云朵,任思绪飘向未来——身着奇装异服的男男女女抛掉身上的桎梏,大喊着:"自由!平等!博爱!"[①]接着,时间往前推进,人们集聚在一座大厅里,欢迎着带来和平的新领袖。他们当中的一人大声宣布道:"现在,我们终于就长度的单位达成了一致,人人都可以以此为标准,那就是'米'!"这景象慢慢上升,渐渐消散,拉美西斯二世挤挤眼睛,将思绪从时空穿梭中拉了回来。

他看了看在角落里争论的两个人,说道:"我的朋友们,你们提出的问题大概还会被争论三千年。那些石砖确实是用法老肘部到中指末端的长度来丈量的,叫作腕尺。我们埃及已经习惯这种用法了。如果你愿意,完全可以用别的词来指代,比如说'米',但是记住,只有在希腊访客到来时才能破例使用。"

赫拉克利特和萨里立即同意了,毕竟法老代表的是至高无上的智慧。

接着,话题又回到了计算上面。

"那么,计算正方形的面积就更容易了,"赫拉克利特完全沉浸在自己的思考中,"假设一个正方形的边长为 5 米,同样按照公式:面积 = 长边长 × 短边长。正方形的长、短边边长相等,那么它的面积就是 $5 \times 5 = 25$ 平方米。因为四条边长都是 5 米,那么它的周长就是 $5 \times 4 = 20$ 米。

---

①1789 至 1799 年间,法国爆发了一场社会政治革新,即法国大革命。在此期间,"自由、平等、博爱"这一格言首次出现。法国大革命将法国国王路易十六推上了断头台,君主制被废除,并在一定时间内保持了资产阶级共和国的政治体制。

"至于三角形的面积嘛,只要记住,不管是正方形还是矩形,把它们对折都能得到三角形,所以公式就是:

$$三角形的面积=底边×高÷2$$

"这样,我们就能算出,金字塔的每一面有多大面积了。"赫拉克利特一边解释,一边为大家演算,"金字塔的底面是一个正方形,边长为 100 米。每一个侧面的三角形,其高度为 130 米。三角形面积(金字塔的每一侧面)=100×130÷2=6500 平方米。金字塔的底面积=100×100=10 000 平方米。那么,金字塔的表面积一共是多少呢? 我们只要把四个侧面三角形的面积和底面积相加就可以了。即金字塔表面积=6500×4+10 000=36 000 平方米。"

"这巨大的数目真令人震惊!"萨里非常自豪地插嘴道。

但赫拉克利特根本没理他,而是继续关心着如何计算面积。因为知道了三角形的面积计算公式,其他形状的面积也就容易计算了,比如菱形。

"这些把菱形划分开的虚线叫作对角线。注意,对角线 d1 和 d2 的长度分别与菱形外的长方形的长边边长和短边边长相等。我们可以看出,这个菱形的面积,刚好是外侧长方形面积的一半。

"所以,长方形的面积=长边边长×短边边长=d1×d2。既然菱形的面积是长方形面积的一半,那么菱形面积的公式就是:

$$菱形的面积=d1×d2÷2$$

"至于其他的形状,比如规则的多边形,我们就根据它有几条边来命名,比如五边形、六边形、七边形、八边形、九边形……"

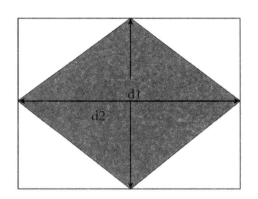

"照你这么数着,会弄出很多恐怖的名字,这也太复杂了!"萨里抱怨道。

"是啊,那些名字太怪异了!"凯厄斯说,"关于计算多边形的面积,咱们能不能按照边数把多边形分成几个大小相等的三角形,用边数乘以三角形的面积就可以啦?"

"啊!太棒了!真有你的!"赫拉克利特说,"我们试试吧,来吧!让我看看……"他继续演算:"比如有一个正八边形,边长为 4 米,从中心点到每条边的长度为 5 米,那么它的面积该怎么计算呢?我们现在已经知道了三角形面积的计算公式,而这个正八边形可以看作 8 个底边长 4 米、高 5 米的三角形。所以,正八边形面积 = 底边×高÷2×8,也就是 $4 \times 5 \div 2 \times 8 = 80$ 平方米。真是完美极了!"赫拉克利特称赞道,并接着演算。

"再让我们看看别的图形,一个尚未完工的金字塔,或者是被砍掉一角的三角形,这个图形我们称之为梯形。

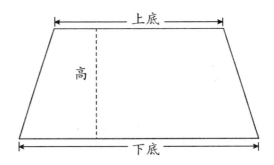

梯形面积 =(上底 + 下底)× 高 ÷ 2

"我们举个例子,一个梯形,下底长 12 米,上底长 8 米,高 5.5 米,那么它的面积是:(12+8)× 5.5 ÷ 2=55 平方米。"

赫拉克利特主导了谈话:"在正方形、长方形、多边形之后,我们来算算圆形的面积吧!难以置信的是我竟然用了这么多新奇可怕的词了!"

赫拉克利特冲着萨里大笑不已,萨里却忍无可忍地冲着他直走过来说:"收起你的俏皮话吧!爱管闲事的希腊佬!"

不过,对于神使凯厄斯来说,要使他俩冷静下来还挺容易的。

在短暂的休战后,赫拉克利特又捡起了刚才的话题:"我们就用这根木棍来演示。"他将一根木棍插进沙地里,"我要将它绑在一根绳子的一端,另一端绑上一根细长的兽骨。向外拉紧绳子,让兽骨绕木棍一圈并在沙地上留下印迹,这就完成了一个圆形。

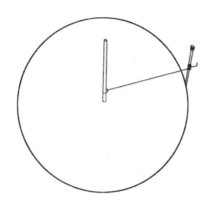

　　"这条绳子的长度就叫作'半径'，也就是从木棍到兽骨的距离；兽骨在沙子上留下的这一圈印迹，就叫作'圆周'；圆形中心的部分就叫作'圆心'。"赫拉克利特看着萨里，显然他已经火冒三丈了，可萨里仍在说自己的观点，"现在我们用一根绳子，从圆周上的某一点把它拉直，穿过圆心，抵达圆周上的另一点，两点之间的绳子长度就叫作'直径'。直径等于半径的2倍。

　　"用另一条长绳子，沿着兽骨画下的痕迹绕一圈，得到的就是圆周的长度。把它和第一条短绳子相比，我们会发现，这条代表圆周的绳子，其长度是代表半径的短绳子的3倍多一点儿。不管圆形的大小如何，它们之间的关系都不会变。"

　　"好了，我知道了！"萨里用弯曲的手指头指着天，"可以用那条短绳子将长绳子分成若干部分。"

"噢，没错，用圆周长度除以半径。"赫拉克利特丝毫不介意被打断。

"结果总是一样的！"萨里噘着嘴，斜眼看着赫拉克利特。

"这个数值，我们希腊人称之为 π[①]。用希腊文来写这个数字，就是……"赫拉克利特迅速地在羊皮纸上写下了一个字母。

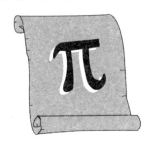

萨里抑制不住自豪地说："这个数值，以埃及人的算盘来计算，我已算出它等于 3.16。"

"不对，"赫拉克利特反驳道，"'π'等于 3.18！"

"3.16！"萨里大喊着。

"3.18！你这个面包卷建筑师！"

"够了！"拉美西斯二世被这两人没完没了的争吵烦得够呛，"这个数值就定为 3.14，我相信这样在未来的运算中更方便。讨论到此结束，继续思考圆的面积吧！"

"遵命，拉美西斯二世！"赫拉克利特低眉顺目地喃喃道，那么，结论就是这样了：圆周长 =C，半径 =r，直径 =d=2r，C/d= π，所以 C=d π =2 π r。"

"那圆的面积呢？"凯厄斯问。

"现在轮到我了！"萨里大声嚷嚷着，"只要把圆分成这样的等份就

---

①大约在公元前 450 年，古希腊人使数学有了巨大的飞跃，形成了各种理论模型。他们将圆周率 π 计算至更为精确的 3.1416。今天，人们用希腊字母 π 来指代圆周与直径的比值这一无限不循环小数。1706 年，英国人琼斯首次用 π 代表圆周率。

行了。"

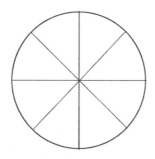

"沿线将圆裁开,得到的形状为三角形,"赫拉克利特说,"然后运用长方形的面积公式。"

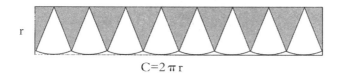

$C=2\pi r$

"圆形的面积是这个长方形面积的一半。"说完,赫拉克利特写下了算式:

$$圆形的面积 = Cr \div 2 = 2\pi r \times r \div 2 = \pi r^2$$

拉美西斯二世对这些讲解十分满意, 他满怀期待地看着凯厄斯:"学习并不代表领悟[①],只有靠你自己去寻找解答的办法,并且学以致用,才算真正地拥有了知识。现在轮到你了,孩子,让我们一起来检验下你学得如何吧。"

凯厄斯和两个好辩的学者敬仰地看着这位埃及神圣权力的代表,而他正神秘莫测地望向远方。

"别担心,神使,"拉美西斯二世鼓励道,"你的朋友与你同在。没有什么

①古希腊哲学家赫拉克利特的名言。

能比凭己之力建功立业更值得骄傲的了。"

"在建功立业之前，还是先检验下你学得怎么样吧。"萨里插嘴道，"神圣的使者，凯厄斯先生，请算出下图中阴影部分的面积。不过，我只能告诉你外面那个矩形是一个边长为 10 米的正方形。"

"喂，等一下！你们还没教过我这种图形的面积算法呢！这和之前几个完全不一样啊！"凯厄斯瞪着萨里，又瞪着赫拉克利特。

"你的抗议还算合理，所以，我会给你一点儿提示。"赫拉克利特说，"图中的阴影部分，无非是由几种基本图形组合而成的。如果把它分解成基本图形，那么问题就迎刃而解了。记住这条准则！凯厄斯，你觉得怎么分解好呢？"

凯厄斯盯着这个图形，手插在头发里挠来挠去地思考着："呃，有一个正方形，还有……呃，不知道，像是圆形的一小块？"

"对！是哪些小块？计算阴影面积要分几个步骤？想想之前金字塔的那个例子，我们是用四个三角形的面积加上底面积算出来的。凭你的直觉来！"

"有了！现在，我能看到这个图形相当于两个四分之一圆重叠在一起。其中一个四分之一圆的圆心就是正方形的一个顶点，它的半径等于正方形的边长，而另一个四分之一圆和它的面积相等，只不过圆心位于对角的那个顶点上。"凯厄斯抓抓下巴，思考着，"这次，我要用减法来计算面积了。

阴影的面积等于正方形面积减去两个空白部分的面积，这两个空白部分的面积相等。"

他在赫拉克利特的羊皮纸上演算：

阴影面积 = 正方形面积 - 2 × 空白部分面积

正方形面积 = 10 × 10 = 100 平方米

四分之一圆的面积 = $\pi r^2 \div 4$ = 3.14 × 10^2 ÷ 4 = 78.5 平方米

空白部分面积 = (正方形面积 - 四分之一圆面积) × 2 = (100 - 78.5) × 2 = 43 平方米

阴影部分面积 = 正方形面积 - 空白部分面积 = 100 - 43 = 57 平方米。

"太棒了！神使！"赫拉克利特拍拍凯厄斯的背表示祝贺。

"能别这么叫我吗？我可不是什么神圣的使者。"

"说你是，你就是。你已经显露出神赋予你的直觉和天资了！别不承认！"

第四节　致命的"小蜥蜴"

拉美西斯二世带着他的智者朋友们和凯厄斯回到了王宫,在享用午餐之前,凯厄斯好好歇了一口气。他狼吞虎咽地赶紧吃完午餐,想趁着其他人享用美食的工夫,到大厅外面的湖边去走走。

赫拉克利特听说了这位神使的打算后,立刻惊慌地站起来冲到凯厄斯的面前。

"当心一些。"他严肃地警告道。

"怎么了？"

"那里有些小蜥蜴。"

"噢,只是这样而已？"凯厄斯加快脚步,"还好嘛,没问题。"

赫拉克利特被这话弄迷糊了,他还想再说什么,可是凯厄斯已经笑着朝湖边跑去了。

他来到湖边,看着那一汪碧水,便决定畅游其间。他徜徉在湖水中,看到了几只埃及圣鹮①，想起刚刚吃饭时萨里说过的话——这些鸟是有神性的圣鸟，象征着透特②。这些埃及圣鹮有的环绕在他身边，有的伫立于水畔，还有的在水中沉潜捕食。

凯厄斯仰浮在湖面上，突然听到那些鸟儿粗声叫了起来，还紧张地拍着翅膀。一只埃及圣鹮在水中挣扎着，绝望地想要飞起来，但似乎有什么东西将它一直往下拉。凯厄斯抬起头，想看看那只鸟到底怎么了，可是没发现什么特别的，于是就又恢复了刚才的姿势，仰面望着天空。那只埃及圣鹮最终没能逃过一劫，沉入了水中，一点儿痕迹都没有留下。湖面上一片死寂，连一丝涟漪都没有，只有一截硕大的树干，掩盖了刚刚发生的一切。

凯厄斯在湖里绕圈游着，丝毫没发觉哪里不对劲。怪异的寂静笼罩在湖面上，仿佛这里唯一的生命迹象就是他的心跳声。他四下张望，想看看到底是什么令人如此心神不宁，然而干净的湖面上什么都没有。他漂在湖面上，恐惧感越来越强烈，当他望向那截树干时，他发现它竟然没入了水中，朝着自己快速冲了过来。凯厄斯拼命向岸边游去，他想高声大叫，却只能吞下一大口湖水，他的胳膊和腿慌乱地在水下划着，失去了协调。一声闷响在背后响起，凯厄斯回头一看，竟是一张大嘴正在逼近，就快要把他整个吞下去了。

"抓住这个！"萨里大喊道。

站在岸边的萨里、赫拉克利特和一些仆人一起把一根绳子朝凯厄斯扔了过去。凯厄斯抓住了绳子的一端，在千钧一发之际被拉上了岸。那看起来像是一截木桩的怪物"啪嗒"一声合上了嘴，又沉入了水中。

---

①埃及圣鹮：别名"神圣朱鹭"或"圣鹮"，原本分布于东非、衣索匹亚等地区，它们通常出现于草泽、湿地、水田等环境，以蛙类、虾蟹、昆虫等小型动物为食。

②透特：古埃及神话中的科研智慧之神，同时也是月亮、数学、医药之神，负责守护文艺和书记的工作。

惊魂未定的凯厄斯总算不至于葬身湖底了,他喘着气,发疯似的冲着赫拉克利特喊道:"小蜥蜴? 你就这么称呼那怪物吗?"

"真是对不起啊!"赫拉克利特不好意思地说,"我不想吓着你,不过我们希腊人确实叫它'小蜥蜴'。"

"但那是鳄鱼啊!"凯厄斯的脑海里满满当当地全是鳄鱼张开大嘴、露出锋利牙齿的画面,"我差点儿就被它吃了,你竟叫它小蜥蜴?"

"完全正确!"赫拉克利特仿佛没看见凯厄斯的表情。

"在希腊语里,'鳄鱼'就是'小蜥蜴'的意思,"萨里解释道,"我早就说那些希腊语只会把人搞糊涂! 我早就说过了!"

第五节　王后的智慧

众人回到宫殿中,一场虚惊总算平息了下来。这时,一列完全由女性组成的队伍走了进来,她们围成一个圈,中间的一位明显与众不同。她身材高挑,温柔美丽,金褐色的皮肤闪闪发亮,乌黑发亮的头发折射着阳光,散落在她的肩膀上。她那双棕色的眼睛像蜜糖一样,仿佛会说话,黑色油彩描画出的眼线令它们更加完美无瑕,楚楚动人。她的白色长裙在微风里拂动着,勾勒出苗条、优雅的风姿。织工精美的纯亚麻布和她头上装饰着的白色长翎王冠,都表明她身份的高贵。

队伍在拉美西斯二世面前停了下来,其他的女人向他鞠躬行礼,圆圈打开了,那位美丽高贵的女士走向拉美西斯二世。

"我亲爱的丈夫,蒙你所召,我来了。"她说,"来向天空中的行者致意。"

拉美西斯二世牵住她的手,笑道:"你来得正是时候,这一定是得到了我们的女神伊西斯①的指引。"

———————

①伊西斯是欧西里斯的妹妹和妻子,在整个古埃及时代,她是最受尊崇的女神。她拥有治愈并复活已逝之人的能力,并且可以将普通金属点化成金。

"我会竭尽所能帮助你,拉美西斯二世。"

于是拉美西斯二世向凯厄斯介绍道:"我的神使朋友,这位就是我挚爱的王后,我最钟爱的妻子,埃及之母的神圣代表——奈菲尔塔利①。刚才陪伴她的是阿蒙②神庙的女祭司。我请她来辅导你学习,她会像帮我解决那些国家大事一样帮助你的。如果没有她的远见卓识,我是无法如此开明、合理地统治埃及的。"

美丽的王后走近凯厄斯说:"欢迎你,神圣的使者!我是奈菲尔塔利。听说你已经学会了计算一些图形的面积,就让我来帮你更好地完成使命吧。从孩提时代起,我和祭司们就一起学习艺术、天文学,还有几何。现在,我就来引导你更进一步地学习。我们的主题是——如何计算几何体的体积。"

凯厄斯吃了一惊——当然是美好的一惊。王后把他带到了一间离宫殿不远的屋子里,并让他坐在一个空盒子旁边。盒子上盖着一个盖子,盒子旁边有一个大口袋,里面装满了小方块。

王后举起盒子说:"这就是我们学习时要用的道具。"

她把盒子递给凯厄斯,让他观察:"盒子有八个角,每一个平面,我们称为'面'。两面相交形成的线,称为'边'。构成盒子底面的两边,称为'长'和'宽'。垂直于地面的边,称为'高'。"

王后的声音轻柔温和,像是微风在房间里吹拂。她有一双鹰隼般的眼睛。在埃及,鹰隼代表着众神之神——太阳神拉的形象。王后不仅是完美母

---

①奈菲尔塔利是拉美西斯二世最钟爱的妻子和王后,也是埃及历史上最为杰出的女性之一。她协助她的丈夫做出一些重大的决定。拉美西斯二世在位期间共有过八位妻子,但他只为奈菲尔塔利修建了位于阿布辛贝的神庙和位于卢克索的装饰奢华的陵寝。

②在埃及语中,"阿蒙"的意思是"超自然"。起初,阿蒙只是底比斯地区的主神,掌管生育和繁殖,形象是一只羊羔。阿蒙的妻子是穆特(意思为"母亲"),儿子是月神孔斯(意思是"穿越天空")。这三者共同形成了底比斯地区的神祇信仰系统。后来,阿蒙渐渐与黑里欧波里斯的太阳神拉合二为一,被称为阿蒙-拉(众神之王、造物主、宇宙万物的统治者)。

神伊西斯的代表,也是伊西斯的丈夫、仁慈的阴府之神欧西里斯①的代表。

奈菲尔塔利把盒子和那些小方块交给凯厄斯:"用这些小方块把盒子装满。"

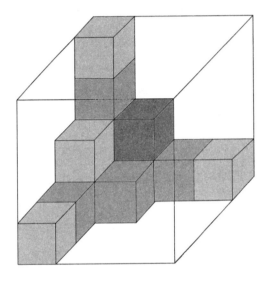

凯厄斯照做了。

"想知道有多少个小方块能装满盒子,只要数一数就行了。我的朋友,这就是希腊智者和我本人都非常推崇的概念——体积。在我们的这个例子里,盒子的体积相当于60个小方块,或者说,60立方厘米。为了算出盒子的体积,首先我将它的长和宽相乘,得出的是盒子的底面积。要得到体积,还需要再乘上高。所以公式就是这样:

$$盒子的体积=宽\times长\times高=底面积\times高$$

---

①欧西里斯是大地之神盖布与天空女神努特的第一个儿子,他的父母创造了埃及。欧西里斯皮肤黝黑,身材壮硕,并娶了自己的妹妹伊西斯作为妻子。太阳神拉将统治埃及的神冠赐予欧西里斯,夫妇二人就在位于底比斯的神殿中行使权力。欧西里斯手中拿着权杖和蝇拍,代表着王权。欧西里斯掌管着植物世界,他的象征色是黑色和绿色。小麦、葡萄藤和大麦,是欧西里斯赠予人间的礼物,他指点人类种植作物,以此繁衍生息。

"如果盒子是正方体,那么它的长、宽、高相等。如果盒子的底是多边形,那么只要将底面积和高相乘就能算出体积。"

王后的讲解有一种简洁明了的特质,就像那些一辈子钻研学问的女祭司。她告诉凯厄斯,在成为王后之前,她原本打算将毕生精力致力于做学问,然而命运却要她运用智慧和她的丈夫一起献身于上下埃及。

奈菲尔塔利接着说:"现在,我将向你演示怎样计算这种物体的体积。"

那是一个莎草纸制成的圆筒,用来收藏圣甲虫形状的宝石。圣甲虫被埃及人视作幸运的护身符。王后把它交给凯厄斯拿着,又用一把小刀把它割开,直到它变成下图这样:

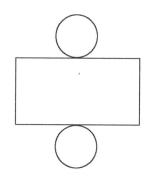

"这样解释就容易多了,凯厄斯。你记得萨里教过你的吗?圆形和长方形?圆柱体就是由两个圆形和一个长方形或正方形组成的。经过这样分解,算出圆柱形的表面积也就不难了。"

说着,她又开始算了起来:

圆形的面积 $= \pi r^2$

2 个圆形的面积 $= 2\pi r^2$

长方形的长 $=$ 圆形的周长

长方形的面积＝长×宽＝2πr×宽（圆柱体的高）

圆柱体的表面积＝2πr²+2πr×宽（圆柱体的高）

"那圆柱体的体积呢？"凯厄斯问。

"要求得体积，我们只要知道底面积和高就够了。圆柱体的底面是一个圆形，我们已经算出它的面积了。"

她继续演算：

$$圆柱体的体积＝πr²×高$$

奈菲尔塔利正在讲解的时候，拉美西斯二世走了进来，看上去一脸凝重。王后马上就意识到，一定有什么不寻常的事情发生了。

拉美西斯二世一言不发，只是示意他们跟他走。

拉美西斯二世把他们带到了议事厅，军事顾问正候在那里，大将军、首相和其他官员也都站在桌边。

拉美西斯二世让大家坐下，开始了会议。

"我刚才收到了卡迭石那边的战报，那里的冲突由来已久，"拉美西斯二世说，"但这次的消息更令人心痛，与我们为敌的赫梯人①占了上风，我们损失惨重。"

早在拉美西斯二世的父亲塞提一世在位时，埃及和赫梯就因争夺对叙利亚的统治权而屡起纷争。赫梯人以其先进的排兵布阵屡屡进犯埃及。孩提时代，拉美西斯二世就曾和父亲一起披挂上阵，而塞提一世也谋得了几

———————————

①赫梯人：小亚细亚和中东地区的古代民族，生活在中部平原，即今天土耳其安纳托利亚即叙利亚北部一带。赫梯人起源不详，因其自称来自赫梯而得名，所用语言属于印欧语系的一支。

次短暂的休战。但是,他们全都心知肚明——迟早有一天,埃及和赫梯必有一场狭路相逢的大战。

"我们必须发兵卡迭石,"拉美西斯二世下了定论,"赫梯人的政治地位不断提升,不断向南部扩张,发兵讨伐已是箭在弦上了。"

"可是,陛下,"一位官员说,"我们尚未计算出对赫梯人作战需要征集的士兵人数。"

"你们知道,赫梯的军队远远多于我们。决不能退缩!我们要好好部署作战的策略,并祈求神灵的护佑。不过,尽管我非常信任我的臣民,但我已实实在在地察觉到,我们中间有赫梯人的奸细。"

拉美西斯二世的话使在场的所有人表现出一片肃穆的神色,他们都知道,只有直面敌人,一决胜负,埃及人民才能重新享有和平,继续安然地生活在这片富饶丰足的土地上。

第六节　卡迭石之战

拉美西斯二世率领军队,沿尼罗河向北进发。两万名士兵被分成了四个兵团,并分别冠以神灵的名字。军队启程时举行了盛大的仪式,举国欢腾,就像过节一样。拉美西斯二世率领着阿蒙兵团走在前面,随后是拉、卜塔①和塞特②兵团,兵团之间两两相隔10千米。

"听着!"拉美西斯二世向军队说道,"为了埃及,用上你们所有的知识和智慧吧! 现在时候到了!"

凯厄斯、赫拉克利特和萨里也应诏随军,他们陪伴着拉美西斯二世,也在阿蒙军团里。

"愿正义女神玛特③与你们同在!"拉美西斯二世大声说。

---

①卜塔:古埃及孟菲斯地区所信仰的神灵,掌管造物和艺术,是工匠和手工业者的守护神。卜塔通常以木乃伊的形象出现。

②塞特：创世神大地之神盖布与天空女神努特的儿子。塞特是最为危险复杂的神灵之一,在拉的太阳船上,他用矛刺死了前来冒犯的敌人,而在关于欧西里斯的传说中,他谋杀了自己的哥哥,并与荷鲁斯为敌。塞特是上埃及的统治者,形象通常为豺头人身(或以某种想象出来的动物为头),与风暴直接相关。

③玛特象征着宇宙万物的和谐与平衡,是真理、正义、秩序与法律的女神。她掌管法庭和审判,形象是佩戴鸵鸟羽毛的女性。

军队所经之处都能听到欢呼声。

拉美西斯二世已换下了他那红白两色、代表着上下埃及统治权、装饰着眼镜蛇的王冠，戴上了打仗时才用的蓝色王冠。

几天后，在行军途中，士兵们抓住了两个赫梯人，并把他们送到了拉美西斯二世面前。当时，拉美西斯二世正和凯厄斯、赫拉克利特、萨里在营帐里休息。

两个赫梯人被埃及士兵压着跪在地上。

"你们的士兵部署在哪儿？"拉美西斯二世厉声问道，"现在就告诉我！"

"不知道，"其中一个赫梯人抽泣着说，"我们不是当兵的。"

"说谎！"拉美西斯二世拍着他的脸，"你们无疑是逃兵。"

"是，是。"另一个年长些的赫梯人承认了，他有气无力地跪着，眼睛死盯着地上，不敢抬头，"求求你大发慈悲，不要杀了我们。你想知道什么，我们都会告诉你。"

"懦夫！不过还算有点儿用。把你们知道的都说出来，我就饶你们不死。"

"尊敬的陛下，我们最后一次听到军队的消息，说是他们在哈利卜①。"

"距离这儿有 160 千米。"赫拉克利特说。

"有多少人？"

"陛下，那一共有、有、有……"那个赫梯人哆哆嗦嗦地说，"一共有15 000 人。"

"比我想象的少。"拉美西斯二世看着萨里说，"你说，这是不是神赋予我们的优势？"

"陛下，"萨里警告道，"您必须小心这些家伙。"

---

①今天的阿勒颇。

拉美西斯二世思考着萨里的话,但是他已经敏锐地想到:如果立刻发起进攻,打赫梯人一个措手不及,那么最终的胜利将不在话下。

"我向您发誓,陛下,"俘虏跪在地上俯首道,"我发誓,陛下想知道的一切我们都说了。"

"带走!"拉美西斯二世命令士兵,"把他们送出营地。"

"可是,陛下,"赫梯人苦苦哀求,"我们不能留下来吗? 如果被发现了,我们就会……"

"会像狗一样被杀掉。"拉美西斯二世睥睨着匍匐在脚下、瑟瑟发抖的俘虏,"那正是逃兵应得的。带他们走!"

两个赫梯人被拖出了营帐。

萨里走上前去,小心翼翼地问:"陛下,接下来,您要怎么做?"

"我要率领阿蒙军团突击,越快越好。"

"这不是太冒险了吗?"凯厄斯插嘴道,"那样的话,拉兵团就离你太远了。"

"我必须冒这个险,"拉美西斯二世看着凯厄斯说道,"我得尽快抵达卡迭石,才能突袭成功,这是最好的机会!"

第七节　井水玄机

卡迭石近在眼前,面对着奥龙特斯河,官员们开始了军事部署的第一步:准备营帐,作为指挥所。

拉美西斯二世想让士兵们排成一个圆,这样方便巡视。他要求每两个士兵间隔 10 米,距离法老的大营帐 200 米。

"凯厄斯,这样我们一共需要多少士兵？"拉美西斯二世突然发问。

凯厄斯马上想起了赫拉克利特和萨里关于计算圆周的争执, 他知道,这实际上是让士兵们围成一个半径为 200 米的圆形。

"唔,如果把已知的条件代入公式,那就是:圆周长 $=2\pi r$,半径 $r=200$ 米,所以,圆周长 $=2\times 3.14\times 200=1256$ 米。而士兵们两两相距 10 米,我们就用圆周长度除以 10。周长 $\div 10=1256\div 10=125.6$, 也就是说, 大概需要 126 名士兵。"

"很好,"拉美西斯二世拍拍凯厄斯的肩膀,称赞道,"我就知道你会帮上大忙的。"

营帐都搭建好了,巡视的士兵也安排好了,埃及大军等待着其他兵团

的到来。

夜里,凯厄斯正准备睡觉,却听到营地里一阵吵闹。接着,赫拉克利特慌慌张张地跑进了他的帐篷。

"凯厄斯!一队巡逻兵带回了几个赫梯人!"

"然后呢?"

"他们被拷打了一阵子,最终开口了。据他们交代,赫梯人的军队就藏在卡迭石城里,离这儿只有 4 千米!"

"所以是之前那两个赫梯人说谎咯?"

赫拉克利特默默地点了点头。

"意料之中!"凯厄斯闷声闷气地说。

"他们是奸细!他们是故意被抓到的,然后好表演他们的好戏……真是一幕悲剧啊!现在,恐怕伟大的拉美西斯二世陷入危机了!"

"真的吗?"凯厄斯使劲儿抓着额头,"赫梯军队有多少人?"

"大约 3 7000 人,还有 3500 辆战车。"

"噢!见鬼!"

"鬼?"赫拉克利特对凯厄斯的用词很好奇,但他很快就皱起眉头,盯着地面说,"而且,据说他们装备精良。"

"真要命!"凯厄斯换了个词,他迅速地瞥了一眼赫拉克利特的表情,"拉美西斯二世怎么样?他这回可无法逃脱命运的安排了!"

"天哪!如果你说的'命运'是指以身犯险,那么你说得没错!拉美西斯二世真是英勇无畏!"

"他现在想怎么办?"

"他命令一队士兵去催促另外三个兵团抓紧时间赶过来,但是……宙斯啊!我担心这已经来不及了!"

"我们必须得做点儿什么,"凯厄斯走来走去,"一定有什么办法能拖住

赫梯人,一定有……"

"拖住他们?"赫拉克利特抓抓下巴,陷入沉思。

"你有什么想法吗?"

"有了!据那些俘虏说,有一队赫梯人在这儿附近扎营,旁边就是一口井。这能帮上忙……"

"你在开玩笑吧!你想把他们都淹死在井里?"

"不不不,你没跟上我的思路。想想看,那口井是赫梯人的水源,要是我们把一些强力安眠药扔进去会怎么样?我看,就你化装前往最合适了。"

"我?怎么又是我!"

"啊,像你这样的小男孩不容易引人注目嘛!"赫拉克利特再次打量着凯厄斯的衣服,"如果在绳子的一端绑上石头,然后把绳子扔进井里,然后……啊!我想这么着可以!然后你把绳子拉上来,就能看见水印,嗯!这一定可行!这样,水印就标示着水位线的高度。然后,还是用这条绳子,可以量出井口的半径。于是,就能知道井水的体积了。像水,还有其他液体,我们一般用'升'作为单位……一升的体积,相当于一个一立方分米盒子的体积,所以……"

他演算着:

1 米 =10 分米;

面积:1 米 × 1 米 =1 平方米 =10 分米 × 10 分米 =100 平方分米;

体积:1 米 × 1 米 × 1 米 =1 立方米 =10 分米 × 10 分米 × 10 分米 =1000 立方分米;

所以,1 立方米 =1000 立方分米 =1000 升。

赫拉克利特演算了一遍,然后解释他的计划:"只要知道井里究竟有多少水,就能投放药剂了,不过剂量还是得掌握好。每一千升的水,只要一滴就够了。"他信任地把手按在凯厄斯的双肩上说,"你能接受这个任务吗?"

"为什么是我？"凯厄斯叹了口气，"没别的办法了吗？"

"我想这是你使命的一部分，孩子，你意下如何？"

于是，为了得到这重要的情报，上天派来的神使——现在是乔装打扮的间谍，终于同意潜入赫梯人的军营。

凯厄斯穿戴成赫梯人的模样，向赫梯军营走去。他随身只带了一根绳子、一块石头和一小瓶强力安眠药。他成功地躲开了敌人的注意，来到井边，测得了所需的数据：水位高度 =5 米；井口半径 =2 米。

这时，他终于明白了体积这一概念的重要性，那是埃及的美丽王后——奈菲尔塔利教给他的。

如果井是一个圆柱体，那么按照圆柱体的体积公式：

$$圆柱体积 = 底面积 \times 高 = \pi r^2 \times 高$$

井水的体积 =3.14 × 2² × 5=3.14 × 4 × 5≈63 立方米。

"1 立方米等于 1000 升，每 1000 升要滴 1 滴药水，所以……要滴进去63 滴！"

凯厄斯离开了军营。在返回的路上，他碰到了两个赫梯哨兵。他的心脏都快从嗓子眼儿蹦出来了，但他还是努力地屏住气，抬手跟他们打了个招呼。为了不招致怀疑，他假装自己是在拾柴火，可实际上他吓得够呛，一直担心自己心跳的声音都能被哨兵听到。

一个哨兵走近凯厄斯，把冰凉的手放在他肩上。凯厄斯的两腿僵硬得几乎动不了，眼睛也不由自主地紧闭起来，忍不住想到最坏的结果：他会在这儿被当作奸细杀掉。他胡思乱想着，努力保持镇定——至少也得假装到底啊！突然，一个哨兵拉起他冒冷汗的手，往里塞了一件东西——一根柴火！凯厄斯悬着的一颗心总算又归了位。原来，哨兵根本没把他当作什么奸

细,他们只是想帮个忙而已。凯厄斯挥挥手表示感谢,加快脚步离开了他们。他想到马上就能安然无恙地回到埃及军营,见到朋友们,几乎就要大笑大叫起来。

经过前一夜的冒险,有600名赫梯士兵被抓住了。被俘士兵中的一些年轻人,将会被送往埃及接受教育,并和埃及女子组成新的家庭。在那之后,如果他们愿意,就可以离开,带着埃及的文明和和平的信仰,永远传播开去,而拉美西斯二世的伟大力量,也将传扬四方。他相信,统治整个王国的最好方式,就是让新臣服的人们忘记原来的文化和传统,用征服者的信仰取而代之。至于其他年老的、思想已经定型的俘虏,则会被送往采石场为奴。

而凯厄斯英雄般的冒险,为他赢得了战士们的尊敬,他们开始称他为"阿匹斯",意思是"魔力之灵",它的象征物就是埃及的神圣公牛。

第八节　扭转的命运

为了等待其他军团前来汇合,时间就这样一分一秒地过去。干热的天气导致水源短缺,不得不限量供给,漫长的等待使得人心惶惶,各级军官们疲惫不堪。

拉美西斯二世在营帐外走来走去,他意识到士兵们都在等着最坏的事情发生。他需要一次演讲来稳定军心、鼓舞士气。

"太阳神拉的门徒! 现在,是你们表现虔诚的时候了……"

静谧的地平线上腾起一阵烟尘,突兀地打断了拉美西斯二世的讲话。风送来马匹的嘶鸣和马蹄踏地的声音,队形混乱的双轮战车上站着指挥官和弓箭手,他们正疾速冲过来。士兵们一眼认出这就是盼望已久的另外三个军团,他们马上就欣喜若狂、手舞足蹈起来。

然而,欣喜很快就消失得无影无踪,怀疑的神色像面具一样遮住了拉美西斯二世的脸。因为他发现,那些战车和士兵根本没打算停下他们狂乱的步伐。拉美西斯二世睁大眼睛,意识到了可怕的事实。

这支部队是由逃离战场的幸存者组成的,他们冲进营地,乱七八糟地把军帐之间的走道挤得满满当当,一时间嘈杂声四起。而紧随其后的,是乘胜追击的几千辆赫梯战车。

(壁画:描绘了拉美西斯二世在卡迭石之战中作战的场景。)

那些战车装备精良,每一辆上面都配有一个指挥官和两个弓箭手,肆无忌惮地横扫一切路障。恐惧像洪水一样淹没了整个埃及军营,惊恐的尖叫声在无情的车轮下响起,又在残酷的剑锋和箭镞下归于寂静。

拉美西斯二世立即下令警戒,但号声已经太识了。他没有绝望地投降,而是跳上战车,勇敢地直面命运的挑战。尽管埃及士兵和赫梯士兵已经陷入混战,但他仍旧命令身着埃及服装的弓箭手和投石手还击。双方射出的箭不计其数,几乎遮蔽了天空。埃及人抓住任何能抓住的东西,好暂时逃过死亡的一劫,他们高高地举起剑,但敌人却从侧面和后方向他们射箭。

在混乱中,一辆赫梯战车把拉美西斯二世从他的车上撞了下去,但太阳神拉却显现了他神圣的护佑:当敌人准备攻击坠落的拉美西斯二世时,

他举起胳膊抵抗,那黄金手镯反射着耀目的阳光,令对方睁不开眼。拉美西斯二世敏捷地举起矛枪,有力地刺进了敌人的胸膛。

血腥的残酷混战似乎无休无止。在一个帐篷里,凯厄斯和赫拉克利特也被一群赫梯人围攻,他们都想把这位太阳神的使者当作战利品带回去——那两个奸细早就"知无不言"了!

赫拉克利特没能护住凯厄斯,他被敌人从后面击中了脑袋,倒在地上不省人事。那些赫梯士兵用蛮力抓住了凯厄斯,把他带离了帐篷,却在半路上被萨里和另外三个埃及士兵截住了。

萨里勇敢地进攻,迫使赫梯士兵放开了凯厄斯。但另一个赫梯人马上追了上去,准备将凯厄斯置于死地。就在他准备施以致命一击的时候,他看见了这束手就擒的男孩的脖子上挂着圣甲虫形状的护身符。他假惺惺地笑了起来,说那玩意儿明显带不来什么好运,然后高高举起了矛枪。就在此刻,从击伤中醒来的赫拉克利特将一支矛刺进了赫梯人的身体,保住了神使的性命。

赫梯人击溃了阿蒙军团,却没有大肆屠杀败兵,因为他们抵抗不了各种战利品的诱惑,于是开始洗劫埃及军营。他们满心贪婪,再也看不见别的了,以至让最值钱的战利品——拉美西斯二世和达官贵族们——逃走了。他们本来也应该毁掉埃及战车、武器和残余的士兵,以防其卷土重来,但他们没有。

这是神灵的眷顾,也是给拉美西斯二世重整旗鼓的机会。当埃及步兵团勇猛地抵抗赫梯人时,拉美西斯二世在营地外重新安排好了他的战车和弓箭手,然后重返战场。而赫梯人此刻却毫无组织,在密集的箭雨和复仇的怒火中唯有绝望赴死。

埃及军营几乎毁坏殆尽,这给了赫梯军队反攻的机会。他们又组织起1500辆战车,跨过奥龙特斯河,发起了进攻。这次,领军的是赫梯贵族,其中就包括国王穆瓦塔里①的兄弟阿勒颇王。他们信心满满,士气高昂,好像已经取得了胜利似的。

就在这时,埃及装甲分遣队突然出现了!这支队伍是拉美西斯二世秘密征召的,用来充实主力部队,并且从西部迫近卡迭石城。得益于此,埃及军营得以保全,敌人被赶了出去,惨遭痛击,地上到处都是倒伏的士兵。赫梯人毫无还手之力,丢盔弃甲,冲向奥龙特斯河,想躲过拉美西斯二世的怒火。而此时,拉美西斯二世已经调转战车,加入了装甲分遣队,紧追不舍。赫梯人的战马受了惊吓,茫然失措,已经完全不听主人的调遣。

拉美西斯二世下令继续追击,步步紧逼。数不清的赫梯士兵被战马踩踏,被各种刀剑击中,绝望地塞满了奥龙特斯河,只有少数安全渡河的赫梯士兵,正试图将他们或死或伤的战友拉上岸来。而拉美西斯二世则稳如泰山地看着出色而狡猾的赫梯军队分崩离析——他们差点儿陷他于万劫不复。

拉美西斯二世高傲地昂起头,将河对岸的惨象尽收眼底:阿勒颇王正被他的士兵们头朝下地举起来,控出口鼻里呛入的河水。

拉美西斯二世看着这一切,微微笑了起来。

----

①穆瓦塔里:公元前 1310 年—公元前 1269 年间在位的赫梯国王。他数次掀起了针对叙利亚的战争,并在赫梯与埃及之间的卡迭石战役中亲自披挂上阵。尽管卡迭石城仍属赫梯地盘,但埃及法老拉美西斯二世宣称自己已获胜。在卡纳克神庙和阿布辛贝神庙中,都有描绘这一战役的浮雕。赫梯国王同时也是王国的最高祭司、军队首领和首席大法官。

第九节 神庙内的数字

（拉美西斯二世向位于达尔富尔的赫梯要塞发起进攻。）

很快，埃及士兵们就重新集结了起来，离开了那些遭受重创的敌人。拉美西斯二世的军团损失惨重，但却没有在敌人面前示弱。

在返回途中，他们好不容易才将塞特军团和卜塔军团组织好。这时，他们看见了一座"H"型的古老神庙,那是拉美西斯二世的父亲——塞提一世在位时建造的。在与赫梯人的战争中,他曾被打败,于是这座神庙也就被敌人占领,如今成了供奉赫梯神灵的地方。

现在,塞提一世之子决定夺回这座神庙,将它献给太阳神拉,以感谢它护佑着法老和埃及人的生命。

拉美西斯二世下令从两翼包围这座要塞般的建筑,埃及士兵在人数上大大超过了赫梯守卫,于是没费多大工夫就大获全胜。他又命令将神庙内所有的赫梯圣物撤出,换上埃及人敬奉的神灵和贡品。

重新布置好神庙之后,拉美西斯二世递给凯厄斯一张图纸,上面是这座神庙的建筑图。他想用沙子把阴影部分填起来,于是他问凯厄斯:"如果我派出 8000 人,每人每小时能填上 1 立方米的沙,需要多久才能填好?"

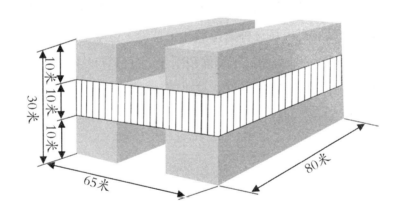

凯厄斯忧心忡忡,因为至今也没人教过他这种问题。"怎么办?"他感受到了拉美西斯二世锐利的目光,"我必须想出个办法,不能让拉美西斯二世失望,否则他恐怕会不高兴……但是到底应该怎么算呢?"

他深吸一口气,开始着手解决难题。

唯一的办法就是一步一步来计算。

首先,要算出需要填沙子的部分的体积:

阴影部分的体积 =65×80×10=52 000 立方米。

如果有 8000 人,每人每小时可以填满 1 立方米,那么 8000 人每小时就能填满 8000 立方米。

"这部分计算出来了。唔,让我想想……要算出时间,只要用 52 000 除以 8000 就可以了:填满所需时间 =52 000÷8000=6.5 小时。6.5 小时……0.5 小时就是 30 分钟,所以,填满阴影部分一共需要 6 小时 30 分钟。"

"不错!"拉美西斯二世很有信心地笑了,"这一部分的底部装有栅板,一共 200 个,填进去的沙子会以 2 立方米 / 每分钟的速度从每一个栅板漏掉,你看,沙子全部漏光需要多长时间?"

凯厄斯又走回石板前面,开始计算。

"如果有 200 个栅板,每个每分钟会漏掉 2 立方米的沙子,那么只要将这二者相乘,就能得出每分钟漏掉的沙子总量,也就是 200×2=400 立方米 / 每分钟。而这一部分的沙子总体积刚才也已经算出来了——52 000 立方米,要算出漏光这些沙子的时间,只要用总量除以漏沙子的速度就行了:漏光沙子的时间 =52 000÷400=130 分钟。也就是说,漏光所有的沙子,需要两小时零十分钟。"

"很好!现在,你必须面对终极考验了!"拉美西斯二世望着凯厄斯,乌黑的眼睛里闪烁着挑战的光芒,"在这神庙的中央的基座上,我们供奉着一尊纯金的神像。现在,我需要你的帮忙,计算出神像的体积和重量。"

"这下死定了!"凯厄斯想,"一点儿头绪都没有,这简直让人无从下手!我怎么能算得出一个不规则物体的体积?奈菲尔塔利王后教我的那些几何体,跟这个相比简直是小巫见大巫!我总不能把神像剁成一块一块的,然后把它们的体积加起来吧?到底该怎么办呢?"他绝望地看着那座神像,它有着一双闪烁的红色眼睛,头部像是某种动物,埃及人称它为"塞

特神像"。

"有什么问题吗？"拉美西斯二世看着凯厄斯僵硬的表情和瞪大的眼睛。

"呃，没有，只是……"就在这时，他听见背后有种奇怪的声音。他回过头，看见赫拉克利特趿拉着那双希腊式凉鞋走了过来，还拧着他那湿漉漉的束腰长袍。

"你这是怎么啦？"凯厄斯问。

"还能怎样？"赫拉克利特恼怒地说，"都是那个萨里！"

"好吧，但他怎么你了？"

"我看，一定是两位伟大的智者又掀起了新一轮争执，没错吧？"拉美西斯二世说。

"争执？哼！这次他根本没给我开口还击的机会！理由极其荒谬！"

"所以这次的主题是……"

"我只是想弄清楚，他安排建造的计时水箱怎么能在计算上错得那么离谱。那可是要给整个军队用的。他可倒好，一句话也没解释就把我扔了进去！"赫拉克利特摇头晃脑地想弄干头发，"结果就这样了！"

"笑死我了。"凯厄斯使劲儿憋住笑意。

"真是浪费，"拉美西斯二世直摇头，"一定溅出了很多水……"

"溅出水！"凯厄斯嚷嚷道，"有了！找到了！现在我知道怎么算了！"他看着赫拉克利特和拉美西斯二世，高兴得跳起来。

"什么？你知道了？"赫拉克利特扭头看着凯厄斯，湿头发甩得"啪嗒啪嗒"直响。

"箱子……水……这儿附近能找到箱子吗？"

"能啊。但是凯厄斯，你要箱子干什么？"

"我不太确定，不过有个办法可以一试。"

"我明白了,"拉美西斯二世微微一笑,"当我们不抱期待的时候,神的灵感总会降临。"

拉美西斯二世、赫拉克利特和凯厄斯一起走到箱子前面,凯厄斯立即就往里面注满了水,又去取来了那座沉甸甸的纯金神像,把它慢慢地沉入水中。

"你们看到什么了吗?"凯厄斯问。

"嗯,我只看到水位线上升了一点儿,"赫拉克利特说,"可是这有什么用呢?"

"我需要你帮个忙。"

"听凭你调遣。"

"我需要量一下这个箱子的长、宽、高,再测量一下上升的水位是多少……还有,我需要知道水的密度……"

"你这是要干吗?"

"拉美西斯二世让我算出这尊神像的体积和重量,水箱可以帮忙,不过我对密度所知甚少……"

"噢!我明白啦!很棒!我告诉你,每立方分米或者每升水的重量是 1 千克,每立方分米的纯金重 19.3 千克。至于这个箱子……我看看啊……"赫拉克利特掏出尺子量起来,"它的底面长 6 分米、宽 3 分米、高 3 分米……噢,现在没有神像,水位是 2 分米。"

"好!"凯厄斯把神像重新放进水里,然后用尺子量出了水位,"看,神像在水中,水位上升了 1 厘米,也就是 0.1 分米。多出来的这些水的体积,就是神像的体积。用这个办法,我能计算任何物体的体积,不管它是什么形状,对吧?"凯厄斯笑着自言自语,"没错!神像入水前后的水的体积分别是:神像入水前:6×3×2=36 立方分米;神像入水后:6×3×2.1=37.8 立方分米;这两个体积之差就是神像的体积,即 37.8 - 36=1.8 立方分米。现在已经知道,每立方分米的纯金重 19.3 千克,只要将这两个结果相乘,就能得出神像的重量了:神像重量 =1.8×19.3=34.74 千克。"

"非常好!"赫拉克利特高兴地鼓起掌。

"你确实没有辜负我的期望。"拉美西斯二世说。

"所以,"赫拉克利特把湿漉漉的手按在凯厄斯肩上,"你这灵光一闪是从哪儿来的?是希腊神灵对不对?"

"啥?"

"你刚才大喊的'找到了'是个希腊单词。"

"噢,你说那个啊,那个可不是什么希腊神灵。我是从老师讲的一个故事里听来的。故事里讲到,希律国王承诺向神敬奉一顶纯金的王冠,以期望神在战争中护佑自己。他将一些金子交给金匠,让他打造王冠。金匠交来的王冠和国王交给他的金子一样重,但是国王却怀疑金匠用同等重量的银代替了金子。于是他请阿基米德①着手调查,看看自己的怀疑是不是真的。"

"最大的难题,就是在不损坏王冠的前提下,看看它是否全部由纯金打造。"

"没错。后来有一天,阿基米德在浴缸里洗澡,他发现,自己进入浴缸时,浴缸里的水位上升了,由此想出了用水检验王冠真假的办法。我的老师可好笑了,她学着阿基米德的样子,跳上桌子疯狂地大喊'找到了!找到了!'"

"噢,你的老师是希腊人?"

"不,她只是在模仿阿基米德。据说,阿基米德当时光溜溜地跳出浴缸,

---

①阿基米德(公元前 287 年—公元前 212 年),出生于叙拉古,是天文学家菲狄亚斯的儿子。他是古代伟大的科学家和数学家,并有很多重大的数学发现,如计算 π(圆周与直径之比)的方法。阿基米德还发现了杠杆原理,并由此说出了那句著名的"给我一根杠杆和一个支点,我就能撬起地球"。

喊着'找到了'。后来这个词就变得很有名了。"

　　"看来我说得没错，"赫拉克利特自豪地笑着，"只有希腊人才拥有神性的灵感。"

第十节　机关复仇战

　　一切都已准备就绪——堡垒筑好了,神庙重归埃及神灵,最重要的是,塞特神像也已安置好——军队准备返回埃及。在经历了漫长的分离和等待后,士兵们的家人早已望眼欲穿。

　　启程之前,拉美西斯二世向他的战士们做了一次演讲。他说他们展现了了不起的勇气,这令太阳神拉十分满意,所以他们都将得到拉的奖赏。将士们觉得自己还能继续作战,但拉美西斯二世却表示这样已经足够,并称战争结束是神灵所认可的。

　　埃及军队从山顶的卡迭石城开拔,这时,赫梯国王穆瓦塔里却还对那座丢掉的神庙念念不忘。他看到埃及一方撤军,便下令他的士兵闯进神庙,毁掉所有埃及神像和圣物。

　　赫梯国王看着一片狼藉的神庙,感到了一种复仇的快意,但很快,他就发觉好像有什么不对劲……

　　与此同时,在远离神庙的地方,凯厄斯正和拉美西斯二世及其卫队走在一起,他非常失望,因为他想到自己曾孤身涉险,也曾绞尽脑汁,但此刻,

一切又都拱手让给了赫梯人。

拉美西斯二世善于察言观色，他似乎看透了凯厄斯的心思，便将手放在了凯厄斯的头上："你觉得我们失败而归，放弃了已征服的土地，把它留给了敌人，是吗？"

凯厄斯低头不语。

拉美西斯二世继续以一种怪怪的语气说："那你就大错特错了。"

凯厄斯一脸疑惑地看着他："什么意思？"

"这会儿，我们的敌人一定已经攻进了毫无防备的堡垒，至于神庙嘛……"

凯厄斯等着谜底揭晓。

拉美西斯二世笑了笑，继续说："因为你计算出了那尊塞特神像的重量、体积以及神庙的一些其他数据……"

"神像会怎么样？"凯厄斯插嘴道，他感到一阵寒意。

"塞特是狂风暴雨与罪恶之神的象征，当我的父亲塞提一世怒不可遏地抵御埃及的敌人时，它便化身其间，与父亲融为一体。此刻，我们神圣的复仇，也正以塞特神像为灵媒，摧毁着我们的敌人。凯厄斯，他们再也看不到明天的太阳了。"

凯厄斯仍是一头雾水，他不明白一尊神像怎么就能消灭敌人。

拉美西斯二世继续解释说："那尊神像实际上是一个平衡物。一旦我们的敌人挪动它，神庙的前后大门就会关闭，屋顶上的 200 个栅板就会打开，漏下上面装的沙子——记得吗？沙子的体积还是你计算的呢。沙子会一直漏下来，直到整个大厅被灌满。我还派人在神庙前造了一座巨大的太阳神像，然后在那两扇关死的门上刻下我们的圣书字，以铭此役。"

诚如拉美西斯二世所言，在神庙对面的山顶上，赫梯国王穆瓦塔里的神情已由兴奋转为彻底的恐惧。他望着神庙前的太阳神像，意识到神庙的门已关死，而他所有的兵力还在里面。他僵硬地站在那儿，无比震惊，终于

疯狂地吼道:"不——"

穆瓦塔里陷入了疯狂,破口大骂着拉美西斯二世。那座曾经的神庙,如今已是一片坟墓。在那里,成百上千的赫梯人被瞬间活埋,撕心裂肺的呼喊声很快归于一片沉寂。

他走近神庙的大门,细细端详,发现了上面刻着的埃及圣书字:"太阳神拉感谢赫梯人的献祭。"

这是对精疲力竭、蒙受耻辱的穆瓦塔里的最后一击。

在埃及大军的归途中,拉美西斯二世讲完了他的计谋,凯厄斯对如此巧妙的机关佩服得五体投地。

拉美西斯二世也感染了凯厄斯的好心情,他说:"很抱歉这项计策得瞒着你,因为之前的那两个奸细提醒了我,保密措施是不可或缺的。不过,关于神庙的工事,你——神圣的太阳神拉的使者,可是出了不少力的,记得吗?你计算出了很多数字,而我决定如何使用它们。"

"赫拉克利特没有帮忙吗?"

"不。没有人能知道那陷阱的秘密,也没有人能知道金字塔和帝王谷里那些法老墓穴的秘密。陪葬的珍宝被重重守护起来,盗墓贼想都不要想。"

凯厄斯黯然道:"结果竟然是这个样子,我心里觉得很遗憾。"

"战争就是如此,令人伤感,凯厄斯。我很希望在将来,人们能有更多智慧和洞察力,选择合作而不是对抗。"

第十一节 阿布辛贝神庙

埃及人举行了盛大的庆祝仪式,迎接他们军队的凯旋。他们将拉美西斯二世视为人间的神灵,也将凯厄斯视作了不起的大英雄。庆祝活动通宵达旦,持续了好几天……

过了一段时间,拉美西斯二世在萨里、赫拉克利特和凯厄斯的陪伴下,来到了阿布辛贝神庙①。在这里,两座巨大的神庙将直接依傍山岩凿出,远眺尼罗河。法老想向大家介绍这项还在计划中的工程,于是带他们来到了工地,艺术家和雕塑家正忙着做出浅浮雕的轮廓。

"这些浮雕由图案和文字组成,雕刻在神庙的内壁上。在一年中某些固定时节,太阳升起,阳光洒在上面,那金戈铁马的场景仿佛再次降临。"萨里介绍说,"在浮雕中,我们会展示卡迭石之战的所有细节,还会刻上由宫

---

①阿布辛贝神庙:在阿斯旺南部、尼罗河畔的阿布辛贝地区,矗立着两座著名的神庙。神庙从山岩上直接凿出,修建于约公元前1250年、拉美西斯二世在位期间。其中较大的一座神庙,是拉美西斯二世为礼敬黑里欧波里斯、孟菲斯和底比斯诸神所建;较小的一座,则是他为王后奈菲尔塔利和哈特拉女神而建。

廷诗人创作的诗歌，歌颂伟大的拉美西斯二世像神一般独力赢得了恢弘的胜利。"

"恢弘？"凯厄斯惊讶道，"我们差点儿连命都没了。而且，什么叫'独力赢得'？嗯？"

"放心吧，他们会向你致敬的，凯厄斯，"拉美西斯二世厉声道，"你对战役的贡献是独一无二的，这里也会为你所付出的一切做些特殊的有纪念意义的设计。"

"你看，"萨里将双手放在凯厄斯的肩膀上，"运用你学会的知识，你还可以帮我们建造这些神庙呢，对吧！"

面对这些歌功颂德的场面，凯厄斯觉得既尴尬又茫然。在这里，每个人都把胜利和成就归功于法老，并且极尽溢美之词而习以为常。趁着无人注意，他溜出了神庙，独自漫步在尼罗河边，踢着小石子，心里感觉别别扭扭的。他看到赫拉克利特在河堤上徘徊，便走了过去。赫拉克利特正皱着眉头，凝视着堤下的流水，他感觉到了凯厄斯，但他只是微微动了动，目光却没有离开汩汩流动的河水。

他们一起眺望着两岸的平原，最终，赫拉克利特打破了宁静，他对凯厄斯说："人无法两次踏进同一条河流，因为河水永远在流动。①世间万物也是如此，一直流动变化着。"他转向凯厄斯，看着他，"至于你，我的朋友，你也在变化着——如果选一个适用于你的词汇，那就是'成长着'。"

"我可没感觉到，赫拉克利特。我依然充满疑惑。我还只是个小孩子……"

"你不必去感觉到什么，时间是你最好的同盟。借助时间，你会发现所有你应当知道的。在你的旅行中，可别忘了这个。"

---

①"人无法两次踏进同一条河流，因为河水永远在流动。"这句话体现了希腊哲学家赫拉克利特的哲学思想，他认为世间万物，包括人类和周围的一切，都是一直处于变化中的。

第十二节　最伟大的宝藏

庆祝的狂欢终于告一段落。在宫殿之中,拉美西斯二世和奈菲尔塔利被亲朋挚友围绕着,端坐于王座之上。法老戴着阿蒙之冠,以两根笔直修长的白色羽毛为标志;而奈菲尔塔利——埃及最美的女人,则头戴象征着穆特女神的白色王冠。

酒酣耳热之时,拉美西斯二世将凯厄斯叫到了王座跟前。他站起身来,四周一下子安静下来,大家都屏息注视着他。他径直走向凯厄斯,大声说道:"凯厄斯,我的朋友,使命赋予你的最后一关终于来了!我希望教导与知识可以一直愉快地陪伴在你成长的道路上。按照神谕指示,我现在必须向你展示我们最伟大的宝藏了!"

殿堂里寂静无声,来宾们都焦急地等着秘密被揭开。

拉美西斯二世凝视着凯厄斯说:"很久以来,我们埃及人已经知道,我们繁盛的文明将在某一天被人遗忘。我们尊奉的神灵被抛弃,我们的文化被淹没在黄沙中,连满是珍宝的神庙和金字塔也不能幸免。然而,我们也深知,我们的宝藏将会永恒不朽。这些宝藏就是书籍。书籍为未来的孩子们保

存着知识,即便我们全都作古,其中的故事将会一直流传。它们在莎草纸中沉睡,并且终将遇到那些能读懂它们的人,得以重生。你和我,都将成为历史的一部分和那些书中的某一章节,直到永远。我亲爱的朋友,愿正义之神玛特与你同在……"

忽然,一股轻柔的光晕突然将凯厄斯团团包裹,他就这样在满室宾朋的面前消失得无影无踪。巍峨的宫殿中,一片寂静里充满了敬畏。

而拉美西斯二世,则毫无犹疑地说了下去:"愿太阳神拉永远将光辉投之于你。"

第三章 亚瑟王的诞生

凯厄斯·奇普坠入了一条隧道,在浓雾之中飘浮了一会儿,最后,雾气变薄了,他终于能看清这里不是他的房间。

这是一座城堡的巨型大厅,凯厄斯周围都是些奇奇怪怪的人,他们穿的衣服类似中世纪英格兰骑士时代的服装。

在凯厄斯面前,一个留着黑胡子的人正坐在宝座上,他看起来特别震惊。他之所以有这样的表情,大概是因为站在他面前的这个男孩竟然穿了一身奇装异服,也可能是因为男孩的举止相当粗野,正绝望地大喊大叫。

"我在哪儿? 噢,哥们儿! 这肯定是个玩笑。我怎么会来到这里……"

国王"噌"的一下站起来,气愤地命令道:"注意你的言辞,你这个无礼的男孩! 到底是什么样的巫术把你带到了这里? 那个讨厌的巫帅在什么地方?"他用探询的目光盯着朝臣,但那些大臣们好像被冻住了似的,只是傻乎乎地看着国王。"要是能抓住巫师梅林①,那他一定会被我打入地狱,永世不得翻身。"国王气愤地吼道。

国王不知道这个男孩是不是巫师弄来的,觉得他可能是敌人,于是传

①梅林是英格兰传说中的王——亚瑟王的挚友,传说他是年轻的魔法师,他所做的一切都是为了使亚瑟在未来能成为一名伟大的国王并让他接受魔法并不是邪恶的事实。

来了卫兵。

"抓住他！把他押入地牢！"

"你这个暴君，真是大白痴！"凯厄斯嚷道，他绝望地挣扎着，却还是被拖着走过漆黑的走廊，而目的地则是一个令人闻风丧胆的地方……

没错！在那个恐怖的地方，人被当成了数字，受尽折磨，他们想尽一切办法逃走。

天哪！人是怎么被当成数字的呢？

原来，像凯厄斯这样被当作数字的犯人都有一个特别的名字——"被开方数"，而他们都被关在这个叫作"根数牢房"的地方。每一间牢房的形状看上去就像一个根号。这里既阴暗又恐怖，犯人们都被锁了起来，被称为"指数"的守卫全天监视着。守卫们站在牢房的最高点，谁也逃不过他们的火眼金睛。在幂的世界里，每一个数字都很自由，可以与自己相乘很多次。但在这个根数牢房里，每个数字都等待着成为被开方数的根数，那样就能重获自由。

卫兵粗暴地把凯厄斯猛地推进密不透风的黑暗牢房，他一下子摔到了地上。凯厄斯气坏了，愤怒地爬起来，拼命去撞铁栅栏。他又大喊大叫了好几个小时，声嘶力竭地想要从这个黑暗的地方出去，可是毫无回应。他贴着肮脏潮湿的墙壁，缓缓地滑了下去，像泄气的皮球似的瘫坐在这奇怪的根数牢房里。

他琢磨着："我真想知道发生了什么事儿！我怎么会到这里来？这些人是谁？这一定是个糟糕的梦境……这里臭死了，真恶心！这个噩梦什么时候才算完，我什么时候才能醒？"

事实上，凯厄斯还不知道，其实他来的正是时候，因为这些数字犯人已经受够了，正在计划越狱。

犯人们称这个越狱计划为"开方"。他们的逃跑计划是这样的——

第一步:数字犯人乔装打扮,哄骗守卫。

为了做到这一点,他们要指望一个送饭的朋友来帮忙:宫廷小丑。他外号"因子分解",是乔装改扮的高手。

"因子分解"抓住一个数字犯人,扯掉他的囚服,开始给他乔装改扮。他可以将一个数分解成相乘的几个整数,一直分解到不能再分,比如:

$4 = 2 \times 2 = 2^2$

$8 = 2 \times 2 \times 2 = 2^3$

$14 = 2 \times 7$

$15 = 3 \times 5$

$27 = 3 \times 3 \times 3 = 3^3$

$32 = 2 \times 2 \times 2 \times 2 \times 2 = 2^5$

$40 = 2 \times 2 \times 2 \times 5 = 2^3 \times 5$

这样一来,数字犯人看起来就完全不同了。

没错! 可守卫很聪明。这还不足以骗过他们,所以还得有第二步。

第二步:被称作指数的守卫十分厉害。然而,在大多数情况下,他们也会见钱眼开,接受金币的贿赂,允许被开方数越狱。

那些金币就是经过因子分解的每个数的指数, 如 $27 = 3 \times 3 \times 3 = 3^3$ 中的指数 3。 只有那些有金币可以贿赂守卫的犯人才有可能越狱。

由"指数 2"看守的牢房名为"平方根牢房",由"指数 3"看守的牢房称为"立方根牢房"。其他牢房以此类推,如"四次方根牢房""五次方根牢房"……

并不是所有的数都能被开方,如 $40 = 2 \times 2 \times 2 \times 5 = 2^3 \times 5$ 中的 5,不能被开方的数将留在监牢内。如果所有数都能被开方,所有人都可逃走。届时地牢将被废弃,指数将被遗忘。

然而,被开方数们很清楚,监视他们的"指数 2"可不是好惹的! 这样一

来,越狱就更加棘手了,这大概是因为"指数2"从来不在监视岗位上收受金币吧①。谁知道呢? 在这种情况下,犯人们就得使出"完全平方"这一招才能越狱。

凯厄斯被这越狱计划吓得够呛。每个环节都可能出问题,可一个人留在这个古怪的地方,也真够倒霉的。他决定和这些饱受摧残的朋友一起碰碰运气。

大部分牢房都是单人牢房,所以小丑"因子分解"干得很顺手。他拥抱犯人,将他们变成不同的样子:

$$\sqrt{4}=\sqrt{2\times 2}=\sqrt{2^2}=2^{2:2}=2^1=2$$

$$\sqrt[3]{8}=\sqrt[3]{2\times 2\times 2}=\sqrt[3]{2^3}=2^{3:3}=2^1=2$$

$$\sqrt{16}=\sqrt{2^4}=2^{4:2}=2^2=4$$

$$\sqrt[4]{16}=\sqrt[4]{2^4}=2^{4:4}=2^1=2$$

有些牢房里关了很多犯人,他们化装起来就要用一连串的乘式,如:

$$\sqrt[3]{27a^4b^5} \quad (a、b可以指任意数)$$

$$\sqrt[3]{27}=\sqrt[3]{3\times 3\times 3}=3^{3:3}=3^1=3$$

$$\sqrt[3]{a^4}=\sqrt[3]{a\times a\times a\times a}=a^{4:3}=a\sqrt[3]{a}$$

$$\sqrt[3]{b^5}=\sqrt[3]{b\times b\times b\times b\times b}=b^{5:3}=b\sqrt[3]{b^2}$$

在这所牢房里,犯人们不能全部转化为根数,因为金币不够,结果只是这样:$3ab\sqrt[3]{ab^2}$。

凯厄斯也在想方设法逃走。来到地牢走廊的尽头,他就看到其他被开

---

①这里是指二次方根左上角的2通常可以省略不写。

方数都不愿意继续往前走。据说前面是关押最危险囚犯的区域,他们早就大吵大闹,因为他们不愿意和别人分享他们的小囚室。警卫把他们关到那里,可能只是为了避免过度拥挤的问题。

小丑"因子分解"只能先把他们组织好,然后才能开始伪装,凯厄斯陪着他一起看他如何进行伪装。犯人们都露出了惊恐的表情,可这只是他们一开始的表情。凯厄斯很快就意识到,经过小丑"因子分解"的伪装,他们看起来就像其他被开方数,比如:$\sqrt[3]{15 \div 5+24} = \sqrt[3]{3+24} = \sqrt[3]{27} = \sqrt[3]{3^3} = 3$。

越狱计划终于实施了,大多数犯人都想方设法从牢房里逃走了。他们逃走后,发动了一场大叛乱,守卫也被制服了。

犯人再也不是被开方数,现在是反叛者,他们急切地爬上梯子逃跑,却发现一扇巨大的铁门挡住了他们的去路。

"那里是魔室!"一个年纪非常大的女人喊道,"据说他们用了巫术,也就是所谓的智慧。"

"我们必须穿过那些房间,才能离开这个地方,"小丑"因子分解"说,"没有别的路。"

"我们怎么才能从这些智慧的巫师手下逃走?"一个红发女孩问,"我们对这种魔法一无所知,所以我们才会被困在这里。"

"打败他们的唯一办法就是说服他们站在我们这边。"一个留着黑色头发的男孩从人群中站出来说。

"为什么要这样做?"红发女孩问道。

"我们必须为我们的自由提供一个充足的理由,这就是原因。"男孩回答,"我们得叫他们知道,我们有能力学习,有能力拥有自由。"

"说得好!"凯厄斯称赞道,他觉得这真是太令人兴奋了。可他随即就后悔了,因为所有人都安静下来并带着奇怪的表情盯着他。

"你,穿狂欢节衣服的男孩,来帮我们怎么样?"小丑"因子分解"建议道,"我刚刚看到你对抗那些士兵了,你很勇敢。没准儿你可以帮忙说服他们不应该囚禁我们。毕竟,大臣们难以取悦,可这些人在得到自由之后,会是世界上最好的观众。"

"我也去!"那个男孩祈求道。

"那么我们现在有三个人了?你们在这里等着!"小丑"因子分解"拿定主意,对其他人说。

凯厄斯走上前去,敲响了那扇铁门。

"谁呀?"一个沉闷的声音从门那边传来。

"是我们。"小丑"因子分解"回答。

"你们是谁?"

"三个想要自由的人。"凯厄斯答道。

"有智慧,方有自由。"那个声音说,"你们必须证明你们值得享有自由。你们是否接受潜能测试?"

凯厄斯对另外两个人耳语了几句。他们互相点点头,轻声交谈,然后全都大声地冲着大门喊道:"尽管来吧!"

"那就开始吧。你们几个进来吧!"

来到魔室,他们看到五个老人,每个人的发色都不一样,有蓝色、黄色、橙色、绿色和红色。

魔室里的所有东西都是飘浮的,就连黑板上的字母和数字也是。

橙发巫师走到他们面前,做了自我介绍。

"我们是负责五种感觉的巫师。答对我们的问题,就可以从我们这里过去。"

蓝发巫师看起来有点儿阴郁,他走到黑板前,两只胳膊滑稽地在空中动了几下。那些数字和字母立刻组成了两道谜题。

1.我出生在这样的一天:

那天的日期数字是个完全平方数,并且是月份数字的两倍。

日期数字和月份数字的总和大于10。

我出生在几月几日?

2.一条龙生于7世纪,死于7世纪。

如果它的年龄的平方恰好是它死的那一年的年份,那么它死于哪一年?

提示:那一年是闰年。

智慧巫师停了下来,任由他们思考答案。过了几分钟,几个小时,几天……凯厄斯和他的朋友们终于交上了答案。就在巫师检查答案的时候,绿发巫师非常小心地走到黄发巫师面前。

"我看到了一种幻象!"他轻声说。

"你看到了什么?"黄发巫师问。

"有个叛乱者将成为我们的新国王。我有很强烈的感应。我感觉到……我……我……"

"你什么?"黄发巫师喊叫着,因为愤怒,他的发色变得更明亮了。

"我……感觉很难受。估计是我昨晚喝得太多了。"绿发巫师喃喃自语,头发的颜色也暗淡了。

忽然之间,魔室后面传来"哐当"一声。国王的骑士推倒了大门。

"你们知道怎么敲门才不会把东西撞倒吗?一群傻瓜!"红发巫师表示抗议,"你们每次来都搞得鸡犬不宁。"

"有人报告地牢里发生了叛乱。我们是来保护你们的。"一个骑士盯着逃跑的囚犯说。

"我们只想要自由。"黑发男孩说。

"如果要夺取自由,你们必须得先知道怎么做除法。"那个骑士反击道。

"让他们试试看！"蓝发巫师建议，"他们三个中的一个将成为我们的新国王。"

"只有他们通过了我的除法考验之后，我才会相信你的话。"骑士说完，立刻说出了四道谜题。

1.我拥有的马匹数在 40 到 70 之间，

马匹的数量可以被 2、3、4、6 和 8 整除。

我有多少匹马？

2.我们有不到 150 只猎犬，

我每次 8 只 8 只地数，10 只 10 只地数，或是 12 只 12 只地数，

总是剩下 5 只。

我们一共有多少只猎犬？

3.我收藏了很多武器，

将它们 5 支一组地整理起来，剩下 2 支；

将它们 9 支一组地整理起来，剩下 1 支；

这些武器总共不超过 50 支。

我有多少支武器？

4.我们的国王有很多士兵，

人数在 200 到 400 之间。

将他们分成 6 人、10 人、12 人为一组的小组，

总是剩下 4 个人；

可如果 8 人一组，

就一个不剩。

我们的国王有多少士兵？

三个好朋友这次用的时间更久。与此同时，骑士们等呀等呀……

就在小丑"因子分解"终于交上答案的时候，已经锁好的大门那一边传

来了沉重的脚步声。

走进来的是国王和他的304名士兵。骑士立刻报告说有人正在密谋叛国。国王瞪着每一个人,脸涨得通红。

"把他们都抓起来!明天我要处死这些叛国贼。"

"你无权逮捕和处死我们!"凯厄斯绝望地喊道,"我们有权找律师,有权要求审判,我们还有人身保护权,反正这些权利通通是我们的。电视上就是这么演的。"

"律师是什么?是巫师把你送到这里来的吗?"

"不是,比这还糟!"凯厄斯大声喊道。

"我……我就是法律。我……我可以处死任何人,而且不会赦免他们。我……"国王已经被气得语无伦次。

此时又传来一声巨响,不过这次被推倒的是通往监狱的前门。犯人已经等得不耐烦,开始了反击。囚犯降服了骑士,现在正和士兵交战。巫师们也跳窗逃走了,甚至没来得及使用魔法……

在一片混乱中,黑发男孩无意中碰到了一个控制杆,打开了秘密通道的门。他和他的两个朋友立即逃进了秘密通道,可国王发现了他们,用颤抖的手指着他们,疯了似的吼着:"他们跑了!截住他们!阻止这场战斗!把那些野蛮人带回来!我……我在这里等着。"

通道连接城堡后面的一片树林。三个逃亡者穿行于一棵棵树之间,而士兵、骑士和巫师都在后面穷追不舍。其他游荡的囚犯——被关押的"被开方数"利用众人分心的时机,都神不知鬼不觉地跑掉了。

小丑"因子分解"被树根绊了个跟头,士兵一拥而上把他抓住。他想把士兵分解,却很快被制住,动也不能动。与此同时,凯厄斯和黑发男孩还在跑。凯厄斯向四下张望,急于找个地方躲起来,这时他看到一把剑卡在一块石头里,便跑了过去。

"嘿，瞧瞧我找到了什么！"他用两只手握住那把剑，毫不费力地把剑从石头里拔了出来。

"带上这把剑！"黑发男孩高兴地推了一下凯厄斯。

"好。等一等，我的鞋带松了。帮我拿着剑，我把鞋带系好，好吗？"

"快点儿！"黑发男孩焦急地催促道，"他们就在附近。"

就在凯厄斯在石头后面伏下身的时候，追击者从四面八方拥了过来。

男孩吓坏了，举起了剑……

四周一片死寂。忽然之间，那些人看起来如同石像一样，全都注视着那个黑发男孩。

"快看，"一个骑士终于喊道，"那就是传说中的宝剑，只有我们这片土地上真正的国王才能拔起它。那是石中剑！就是他！我们的国王。跪下行礼！"

所有人都按照那个骑士说的做。

"嘿，等等！这把剑不是我拔的，是他把剑从石头里拔出来的。"黑发男孩一边喊着，一边指着石头后面。所有人都顺着他手指的方向看去，可那里什么都没有。"我只是……啊，人呢？"黑发男孩一边说，一边四处张望。

"请问您的名字是什么？"一名骑士问道。

"呃，那个……嗯……亚瑟，"他谦卑地说，用目光到处搜寻凯厄斯，"伟大的亚瑟，但不是我……"

"国王万岁！"红发巫师喊道。

大家都站了起来，喊道："新国王万岁！亚瑟王万岁！"

P71 答案：1.8 月 16 日 2.676 年。P72 答案：1.48 匹 2.125 只 3.37 头 4.304 人。

第四章 协助福尔摩斯

午夜时分,凯厄斯·奇普发现自己来到了19世纪末的伦敦。这座城市里有一排排低矮的建筑,偶尔有马车"咔嗒咔嗒"地驶过狭窄的街道。这里与他住惯了的英国最大城市完全是两个样子。

附近的一个酒吧里传来了笑声,他想那里可能是个酒馆,灯光昏暗,酒馆里都是捧着啤酒杯子痛饮的熟客。在同样昏暗的巷子里,他看到几个人迈着急促的步伐,脚步沉重,看起来就和僵尸一样。这些陌生人头戴帽子,深色长外套使他们看上去更邪恶。还有几个戴着手套、大礼帽和穿着披肩的人,看起来优雅多了。他们一边走,一边拿着金属手杖敲击路面,发出的噼啪响声回荡在寂静的深夜里。

女人们走得很快,身着简单的长裙,拖拉着衣服下摆,沿肮脏的街道"啪嗒啪嗒"地走着。此时此刻,在可怕的街道上,只能听到刺骨寒风呼啸而过的声音,她们快步疾走,急于回到安全感十足的家里。夜深了,街道上渐渐起了浓雾,使这漆黑的夜显得格外神秘莫测,耐人寻味。

凯厄斯在街道上变得十分孤独,他一个人都不认识。

现在该怎么办呢?一只冰冷的手突然搭在他的肩膀上,吓了他一大跳。他猛地转过身,只看到了一个人的轮廓:这人又高又瘦,穿了一件格子花纹

的灰色西装,戴的帽子看起来怪怪的,手里拿着一个烟斗。烟斗冒出的烟一个劲儿地扑向凯厄斯的脸,闻起来有股肉桂味儿。

那个人赶在凯厄斯说话之前捂住了他的嘴,然后轻声道:"如果你想活到明天,就跟我走。"

凯厄斯吓坏了,只想撒腿逃跑,可那个男人的眼神阻止了他。虽然有点儿糊涂,可直觉告诉他,他应该相信这个陌生人并跟他走。

他们来到一条比较拥挤的街道,凯厄斯抬头一看,只见路标上写着"贝克大街"几个字。过了一会儿,他们在一栋房子前站住。

"有人在监视我们。他们好像知道你来了。"

凯厄斯看了看这条街,却只看到一只猫从垃圾桶跳到墙上,然后敏捷地走近,用那双捕猎的眼睛瞧着他们。

"出什么事了?"凯厄斯问。

"进来!"那个人冷冰冰地说。

这栋房子的门厅很大,里面有一截楼梯。那个男人礼貌地示意凯厄斯随他上楼。这幢楼似乎只有三层,那个男人显然要带他去顶楼。他带凯厄斯来到楼梯平台左边的一扇门前,小心翼翼地从一个画框后面拿出一把钥匙,打开门。

那个男人来到一张小桌边,划亮一根火柴,点亮了一盏小油灯。凯厄斯随即意识到他们身处一个客厅。这里有很多抛光木家具。书桌上有一堆落满灰尘的文件和一沓纸,还有一个放大镜、一个金怀表和一盒不同式样的邮票。书桌旁边有把摇椅,一个小提琴形状的大盒子靠在摇椅上。

"我们到这里就安全了。只有这点儿光,他们看不见我们。"

"他们是谁? 你又是谁?"凯厄斯非常恐慌地说。

男人走到餐具柜边上,给自己倒了杯酒,然后举起手,做了个邀请的手势。凯厄斯还是糊里糊涂的,所以决定谢绝邀请。

"真遗憾！"那个男人说完美美地喝了一口，目光一直没离开凯厄斯，"这可是世界上最好的苏格兰威士忌。"他走到窗边，向外张望，查看一切是否平静。他又喝了一口，说："我看现在可以开始了。一个好朋友通知我你来了。他是名科学家，在尝试很多次后，他终于在合适的时候把你带来了这里。"

"合适的时候？这是什么地方，我怎么会到这里来？"

"冷静冷静。时间刚刚好。"那个男人笑道，他喝了一口酒，转身看着凯厄斯，"我的朋友造了一台时间机器，在观察时间的时候，他发现你们的时代注定会被毁灭，不是因为战争，而是因为你们时代的人再也不知道如何使用自身的大部分能力。"他坐在摇椅上，继续说，"我们的时代没有你们那样的毁灭性武器，可是亲爱的朋友，你和我一起在这里会发现一种能力——它在你们的时代将逐渐消失，而且它将帮你抵抗人类最大敌人的攻击。"

"太神奇了！这种能力是什么？我们又要抵抗谁呢？"

"抵抗无知。"

"无知，什么意思？我不明白。"

"你当然不明白。你周围的不良影响已经迫害你太久了，不过还要感谢你天生的抵抗力，所以你的好奇心还没被污染。亲爱的孩子，无知是一个隐形的敌人，当我们因为自身的原因屈服于懒惰，或者当我们不再好奇，我们就会放弃追求知识，无知就会向我们发动攻击。在你的时代，我相信无知已经像瘟疫一样在扩散，而且人们说的很多话已不再是思考的结果。"

"你是这么认为吗？那你所说的能力到底是什么？"

"我指的是推理能力。"

"推理？有了这种力量，我能做什么？"

"有了这种能力，你就可以分析已有的线索，将一个因素和另一个因素联系在一起。由此,人们就能理解周围发生了什么,能学会凭借自身的力量解决各种问题。为了教导你这种能力,我的科学家朋友请我帮忙,因为解决谜题是我的生活和工作。我们一直在找和我有相同天赋的人。那个人必须能利用这种伟大的能力,不让未来陷入悲剧。"

"这听起来棒极了……可为什么是我?"

"你的问题简单易答,我亲爱的朋友!还记得你之前收到的那封奇怪的邮件吗?只有你一个人回复答案——需要帮助的生物就是人类自身。你也许还没有意识到,在你看似百无聊赖和无动于衷的生活态度下,其实潜藏着一种能力,它有助于你和整整一代人学会如何追求更好的生活,而你需要做的就是让这种能力发展壮大。"

那个男人机敏地站起来,走到凯厄斯身边,伸出手:"推理是侦探工作的核心。夏洛克·福尔摩斯①听你差遣。"

凯厄斯简直不敢相信他听到的,吓得一时之间不知道说什么。"我……是凯……凯厄斯·奇普……普。"他用颤抖的声音含糊不清地说。

"你叫什么?"

"我叫凯厄斯·奇普。"

"很好,凯厄斯!我们开门见山吧。"

夏洛克走到书桌边,小心翼翼地从随时可能倒塌的文件堆里拿出一份文件,说:"我必须小心对待这些文件。文件上的灰尘越厚,代表时间越久远,我就是这样来排列谜案的。"

他把文件交给凯厄斯,说:"接着它。关于我现在处理的这个案件,我所

---

①伟大的推理大师夏洛克·福尔摩斯是苏格兰作家亚瑟·柯南·道尔爵士(1859—1930)笔下的角色。尽管福尔摩斯只是一个虚构的人物,但还是有成千上万人相信他真实存在,有血有肉,生活在伦敦的贝克街上。柯南·道尔创作的"福尔摩斯系列"共包括56个短篇故事和4部长篇小说。

有的记录都在这份文件里,这就是你出现在这里的原因。准确地说,我和他们都知道你到这里来学习推理的力量,然后将这种力量带到你的时代,并帮我抓住那些恶棍。"他笑了几声,等着凯厄斯打开文件。

"等等……你说我们要抓住谁?"

"到时候你就知道了。我们现在要上街寻找新的嫌疑犯,而且你得看明白我的记录。"

凯厄斯打开文件,从第一页开始看起……

过了一会儿,凯厄斯才明白这起案件与一群自称"质数"的恶棍有关,他们每个家伙都等同于一个质数。

"夏洛克,你尝试过做卧底吗?"凯厄斯建议道。

"没有!不过我有个警探朋友,他是我最尊敬的人,他也这么建议过。不过挺不幸的,没多久他就遇害了,因为那群坏蛋太狡猾了,选择的数很特殊。"

接着,夏洛克继续解释他的发现:"来看看几个罪犯的照片,都是我那个警察朋友在不幸被害之前寄给我的。凭借这些照片,我们将一些罪犯绳之以法了。看这里:2、3、5、7、11、13、17……仔细看看这些数有没有什么共同的地方?"

"这些数都只有 1 和它本身两个因数。"凯厄斯推断道。

"说对了!一个数只有 1 和它本身两个因数,像这样的数就叫作质数!那你有没有注意到质数里只有 2 这一个偶数?"

"嗯,是啊!好神奇啊!"凯厄斯这会儿更认真地研究记录,然后问道,"可是现在你说的这些数字都是 100 以内的,我们很容易看出它是不是质数。如果是数值大一些的数字,我们怎么能知道它到底是不是质数呢?"

"我倒有个法子。我们可以用可疑数字除以较小的质数,如果都不能整除,也就是说余数不等于零,那么可疑数字就是质数,就甭想逃出我们的手

心了！我们先看看这三个可疑数字——173、401 和 493。"

$$\begin{array}{r} 24 \\ 7\overline{)173} \\ \underline{14} \\ 33 \\ \underline{28} \\ 5 \end{array} \qquad \begin{array}{r} 57 \\ 7\overline{)401} \\ \underline{35} \\ 51 \\ \underline{49} \\ 2 \end{array}$$

"它们都不能被整除，所以都有罪！现在我们用这种方法来检查 493 是不是质数吧。"

"见鬼！这可很麻烦！"凯厄斯抱怨道，"就算知道质数，又有什么意义呢？到底要怎么做才能把这伙儿罪犯一网打尽？"

"其实，质数只是一些小喽啰罢了，不过顺藤摸瓜，就能抓到大鱼。这伙儿罪犯组成了一个组织，名为除数集。我跟踪他们很长时间了，而且，要是利用质数，用不了多久，就能逮住一个数的所有除数。"等凯厄斯点头后，夏洛克继续道，"选取 4、10 和 24 的所有质数，像这样用枝状图分析法把它们写出来。"

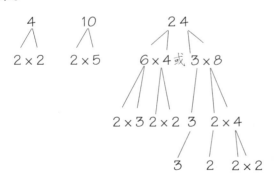

夏洛克看着枝状图，又说："这些数对我们抓罪犯没多大用。"

"那 1 呢？"凯厄斯忽然瞥见那堆嫌疑犯的照片里有数字 1 的照片，不禁发问道。

"1 既不是质数，也不是合数。1 是我们的线人。肯定是有人弄错了，才把他的照片和其他嫌疑犯的照片混在了一起。"

可一看到 1 代表的那个罪犯的照片,凯厄斯就觉得哪里不对劲。

"现在,我们来看看 495 这个数。尝试用它除以质数,看看会怎么样。"

```
3 | 495
3 | 165
5 |  55
      11
```

所以,$495 = 3 \times 3 \times 5 \times 11 = 3^2 \times 5 \times 11$。

夏洛克变得兴奋了,他说:"我们看看是不是可以设个陷阱,让与这个组织相关的罪犯全都落网。比如说,要想抓到 30 的所有除数,首先就要将 30 进行因子分解。"

夏洛克瞥了一眼凯厄斯,这才发现他已经累坏了。他猛地想起,可不是每个人都习惯一查案就不要命,每天只睡三个小时就够了。他轻轻把一只手放在凯厄斯软塌塌的肩膀上,说:"等等再做吧,亲爱的朋友,这会儿已经不早了。去我家休息一会儿吧。等你再次变得生龙活虎的时候,就可以帮我琢磨琢磨陷阱的细节了。"

他们刚一来到夏洛克住的大楼,凯厄斯就听见他的肚子发出"咕咕"的声音,他不好意思地问:"能不能先找个地方吃点儿东西呀?"

"去隔壁的酒馆吧。你和侍者说你是我的朋友,然后就尽管敞开肚皮吃吧!"

凯厄斯迈着沉重的步伐缓缓地向酒馆走去,这时夏洛克喊道:"用不着敲门!那里没上锁。"

夏洛克走进楼内,只见他的线人 1 正在大厅里烦躁不安地来回踱步。

"你好,线人 1。什么风把你吹来了?"

"听说你又在调查质数的案子了,我这里有些情报,我寻思着或许能帮

你的大忙呢！"

"上楼再说。"

夏洛克带线人 1 来到了他的公寓。他们走进客厅后，夏洛克点亮油灯，径直走到他的书桌边。就在夏洛克查找文件的当儿，一个黑影缓缓地爬上了他前面的墙壁。油灯的火焰越拉越亮，影子有了形状。现在已经很清楚了，那个影子其实是线人 1 的影子。他慢慢抬起手臂，露出了一把凶器。

"小心你后面，夏洛克！"就在线人 1 从后面跳起来想要攻击夏洛克的那一瞬间，凯厄斯大喊道。

夏洛克敏捷地一闪，躲开了攻击，只是胳膊上被划开了一道小口子。线人 1 错失了这次良机，但他又重新扑上去。

凯厄斯纵身一跃，朝线人 1 撞了过去，两人一起翻倒在地，滚了好几圈。夏洛克瞅准时机，一拳打过去。这一拳还真是厉害啊，他一下子打飞了刀子，然后一把按住叛徒。

"想不到你的身手那么好！唉，我认栽了！"线人 1 无奈地说。

"你为什么要杀我们？你这个混蛋！"凯厄斯喊道，气喘吁吁地站了起来。

"因为你不只是线人，是不是？"夏洛克插嘴道，"你才是除数集的首领，没想到你倒是挺擅长伪装啊！"

凯厄斯琢磨了一会儿，终于恍然大悟："没错！你的那个警探朋友发现了线人 1 的真正身份，然后将他的照片连同罪犯照片一起寄来，所以他们才杀了他。"

"不是他们！是我亲手结果了那个警察，现在我要送夏洛克上天堂。我就是这起犯罪的主谋，我一直都是除数集的一部分，老子做的事老子就敢认。"

"我们让这家伙和其他嫌疑人面对面吧。"夏洛克建议道。

凯厄斯和夏洛克一起将线人 1 绑起来,送到警察局。

他们打算用线人 1 来诱捕其他罪犯。以 30 为例,他们先将 30 因子分解。

$$\begin{array}{r|r} 2 & 30 \\ \hline 3 & 15 \\ \hline 5 & 5 \\ \hline & 1 \end{array}$$

然后再用除数 1 乘以 30 的所有质数。

那些质数全都慌了神儿,现出了原形:2、3、5。

最后他们将每两个质数相乘,一下子就找出了所有除数。

$2 \times 3=6$

$2 \times 5=10$

$3 \times 5=15$

"大功告成!"夏洛克说,显然对自己的方法很满意,"现在我们要做的就是把他们都抓起来,然后送进……"

"监狱?"凯厄斯兴奋地打断了夏洛克的话。

"不是,亲爱的朋友。要想制住这群危险分子,可不能把他们送进普通监狱。最好把他们排成一队,送进'波形括号监狱'。"

"{1, 2, 3, 5, 6, 10, 15, 30}是 30 的除数集。"

"是的,亲爱的凯厄斯。通过这种方法,在质数和线人 1 的帮助下,就可以找出任何与你狭路相逢的除数集。"夏洛克停顿了一下,又道,"如果只想知道一个数有多少除数,只要遵循这个法则即可:将因子分解后的每个因子的指数加 1,再将结果相乘。"

以 120 为例,先将它进行因子分解。

```
2 | 120
  2 | 60
    3 | 30
      2 | 10
        5 | 5
            1
```

$120 = 2 \times 2 \times 2 \times 3 \times 5 = 2^3 \times 3 \times 5$

所以 2、3、5 的指数分别是 3、1、1。遵循上面的法则：$(3+1) \times (1+1) \times (1+1) = 4 \times 2 \times 2 = 16$，表示 120 的除数集由 16 个数组成。

"哇！太棒啦！"凯厄斯激动地说。

"那你也来试试吧！用 495 这个数来印证一下吧！"

凯厄斯开始在纸上写下一步步计算过程：

将 495 因子分解。

```
3 | 495
  3 | 165
    5 | 55
      11 | 11
              1
```

现在，$495 = 3 \times 3 \times 5 \times 11 = 3^2 \times 5 \times 11$，所以 3、5、11 的指数是 2、1 和 1。

给每个指数加 1 后再相乘：$(2+1) \times (1+1) \times (1+1) = 3 \times 2 \times 2 = 12$。

"495 有 12 个除数！案件解决！"凯厄斯断言道。

"还差一点儿！"夏洛克大声说，眼中闪过一丝好奇的光芒，"你还没告诉我，线人 1 杀我的时候，你怎么会来得这么快？"

"夏洛克，你这人是挺了不起，可就是……"

"可是什么？"夏洛克有些不高兴了。

"你忘了现在都几点了，还让我去酒馆，那里都关门了呢。赶快想想，这

附近哪里能买到三明治,我都快饿死啦!"

夏洛克尴尬极了,干脆闭紧嘴巴,一个字也不说。

凯厄斯兴奋得不得了,毕竟一切都很顺利。他在夏洛克家里津津有味地大嚼临时做成的三明治,而大侦探却在密切注视着他。

"现在你开始了解调查是怎么进行的了吧?我们来确认一下,你是不是真的有侦探头脑。"

"没问题!"凯厄斯拍着夏洛克的后背赞同道。

挑战伊始,夏洛克首先拿出四根火柴棍,在桌上摆出了这样一个形状:

"只动一根火柴,组成一个正方形,你可以做到吗?"

凯厄斯看着火柴,在脑子里想了几种可能性。他想呀,想呀……

"干脆放弃吧,"夏洛克得意洋洋地问,"要不要我告诉你答案?"

"不要。我自己能想出来。"

"需要提示吗?"

"好吧,说吧。"凯厄斯表示同意,眼睛却一直没离开那些火柴。

"发挥你的想象力。"

"就这样?"

"是的,凯厄斯。想象力包罗万象。"

凯厄斯盯着图形,暂时不去想火柴棍。无数个主意在他的脑海里闪过,就像电影片断似的,但最后都归到了一个问题:明明就是做不到只移动一根火柴就组成正方形。

夏洛克在窗边喝酒，凯厄斯甩掉了钻入他脑海里的形象，专心致志地看一只落在桌子中央的苍蝇。这只小昆虫围着一点儿糖渣蹦来跳去，绕了一圈又一圈。苍蝇品尝着那一丁点儿甜味，然后，仿佛是感觉到了危险，它忽然飞走了。苍蝇飞远了，凯厄斯再次把注意力集中到问题上，看着火柴棍的细部特征和形状。他忽然豁然开朗，像是一把扇子忽然打开，然后，他轻轻挪动了一根火柴，组成了一个小小的正方形。

"成了！"

夏洛克飞快地瞥了一眼，又喝了一口酒，再次转身面对窗户。

"嘿！"凯厄斯说着把双臂横在胸前，"你不打算说点儿什么吗？"

"有什么好说的？你只是证明了我的猜想。你这人不易屈服，而且正一点点了解到，在某些时候，我们必须忘记问题，才能想到解决办法。不过我问你……你是不是真的很善于观察？"

"还要再试试我吗？"

"这道题更巧妙，你愿意接受挑战吗？"

"好呀，当然接受。"

夏洛克拿起一张纸，在上面写了些什么，然后交给凯厄斯："告诉我接下来是哪个字母？"

凯厄斯看到纸上写着：T T F S E T。他试了一种解法，又试了另一种解法，还核对了这些字母在字母表里的位置……

"夏洛克，这道题无解。这肯定是个骗局，对不对？"过了一会儿，他开始发牢骚了。

"骗局？"

凯厄斯又看看那张纸，焦躁地说："我试过各种方法，可就是行不通。"

"我来试试？"夏洛克接过纸，写了一个"S"。

"为什么是S？"

"T、T、F、S、E 和 T 都是代表首字母。"

"首字母？"

"没错，从 2 开始数的几个数的首字母，也就是 Two（二）、Three（三）、Five（五）、Seven（七）、Eleven（十一）和 Thirteen（十三）。所以接下来是……"

"Seventeen（十七），也就是 S。"凯厄斯说，"可这不公平。"

"当然公平。符合逻辑，就公平。你只是尝试了各种组合和数字序列，可你忘了，逻辑无处不在！"

"可是，夏洛克，"凯厄斯生气地说，"应该怎样做才能得到正确答案？"

"我就得到了。说实话，我花了很多时间，运用了我的灵感来源，才找到了答案。"

"你的灵感来源是什么？"

"小提琴！一拉小提琴，我的灵感就来了。"

"我还是觉得很不公平。这会儿你公布了答案，题目看起来倒很容易了。"

"解决办法总是在问题解决后才显得很简单。"夏洛克见他气呼呼的，便走到他身边，把一只手放在他肩上，"凯厄斯，用最简单的办法解决案件，但永远不要局限于只解决最简单的案件。一个优秀的侦探要有敏锐的直觉，善于观察，不停地吸收知识。然而，最重要的是要寻求自身的发展。"夏洛克放下杯子，靠在凯厄斯身上，"一定不可以墨守成规，亲爱的孩子，释放你自己！"

夏洛克决定带凯厄斯去见个老朋友，而且是非去不可。

他们坐在马车里，这时，夏洛克突然开口："凯厄斯，要解决的问题有很多，可凭借你近来学习到的推理能力，外加你在观察周围事物时付出的耐心，你就不会忽略任何细节。"夏洛克担心得皱起了眉头，"我的朋友，时间机器现在还处于试验阶段。可事关生死，事关博学和无知，事关人类发展，

我们才决定冒险让你来到这里。"

"可我什么时候才能回家？"

"时间机器还需要改进。你可以回到你的时代，但我不知道你何时才能回家。你还可能被时光隧道吞没，被送去任何时间，可能是过去，也可能是未来……甚至你也许会经过二维空间，在那里，你将变成另一个人。有时候，你会感觉精力耗尽，还可能失去感觉，不过那只是暂时的。"

马车在一栋房子前停了下来。

"好了，亲爱的朋友。我希望将你介绍给我的拍档，他说了会带我的科学家朋友来这里……"夏洛克还没把后面的话说出来，只见凯厄斯忽然被一团蓝色云雾围住，"咻"地消失了。

"华生！"夏洛克站在他朋友的房门前喊道，他的朋友随即开了门，"那个男孩突然不见了！"

"是的，夏洛克，看来乔治·威尔斯没能像我们以为的那样，很快把这件事解决掉。"

第五章 不可能完成的任务

在这个世界上的某个地方,凯厄斯坐在一架飞机里,边上没有别人。他已经疲惫不堪,最无奈的是他不明白为什么时间机器从不提示下一站去哪儿,这让他总是不能做好心理准备。

他四下张望,看到其他乘客仍在登机,等待起飞。

"打扰一下。有人让我把这个包交给坐在这个座位上的乘客。"一名漂亮的空姐对凯厄斯说,她甚至没给他时间去问是谁请她送来包裹,就去舱门附近帮一个女人登机了。那个人不仅带着两个婴儿,还背了一个巨大的单肩包。与此同时,一个来晚的乘客匆匆走过通道。这人个头很高,体格健壮,一头棕发打理得很整齐,穿了一身考究的黑色西装,还戴了一副太阳镜。凯厄斯注意到这人老是回头看,像是害怕有人跟踪他一样。看到那个抱孩子的女人挡住了路,他气得大发雷霆,不停地催她快点儿,几乎把她推到了座位上。

遭到这样的待遇,那个女人简直气坏了,结果一不小心把一个婴儿弄掉了。那个男人反应神速,他竟在半空中接住了那个孩子。登机的人都觉得他是个大英雄,为他鼓起掌来。女人大受感动,用力亲了一下他的脸,然后从他怀里接过孩子。就在她转身请空姐帮她抱孩子的时候,她的单肩包一

下子砸中了那个男人的脸。他猛地失去了平衡,脑袋正好撞上了挂在门边的灭火器,他被撞得一个转身,滚下了飞机入口坡道,摔到地上。接着,他摇摇晃晃地站了起来,不料却缓缓仰面栽倒,昏了过去。

空姐迅速叫来了保安,请他们把伤者送去机场急救站。接下来,她继续安抚大哭的婴儿和他们那个一直在嘟囔的母亲。过了一会儿,飞机终于起飞了。

闹剧结束了,凯厄斯这才想起他腿上还有个包裹呢。他拿起包裹,只见上面写着:下飞机后才能打开。

凯厄斯心里想:"我现在有三个选择。1.等到下飞机后再打开包裹;2.顺从自己的好奇心,现在就打开;3.这个包裹不是给我的,应该还给空姐。"

"那么就是 2 了。我选 2!"他忽然喊了出来,压根儿就没注意到他说得太大声了,以致飞机上的人都齐刷刷地看着他。"想那么多也没用!以我的好奇心,我肯定会直接打开。"他轻声对自己说。

凯厄斯打开包裹,发现里面有一台录音机和一个头戴式耳机。他把耳机戴在头上,打开了录音机:

"欢迎你,特工 X 先生!希望你一切安好。我们再次需要你的服务。如果你选择接受,这或许会是你遇到过的最困难的演算。我敢说,这几乎就是不可能完成的任务。你的使命是抓获分数。

"我们将派遣一支团队来协助你。记住,如果你或团队里的数被俘,我们将删除你们行动的所有信息。

"这盘磁带将在 8 秒后自动销毁:8,7,6,5……"

忽然之间,飞机遇上了对流空气,凯厄斯还没来得及做出反应,一个黑头发的胖女人就摔倒在他的腿上,把录音机压了个稀巴烂。

"哎哟,对不起。我是不是闯祸了?"她依旧趴在他的腿上,难过地冲他狂眨眼睛。

"这趟航班上的女人都是怎么了，总出状况！"坐在凯厄斯后面的乘客打趣道。

"人出状况没事，只要飞机不出状况就行。"空姐喊道，"这可是我第一次参与飞行！"

这之后飞机再没遇到对流空气，终于安全降落了。凯厄斯下了飞机，向机场出口走去。他来到外面的街上，呆呆地看着车来车往，不知道接下来要做什么。终于，他看到一个出租车司机向他走了过来。司机有一头金发，眼睛是绿色的，帅气得和电影明星有一拼。

司机礼貌地请凯厄斯上他的出租车。凯厄斯还没回答，司机就把他推进了车里，"砰"一声关上了车门。凯厄斯拼命挣扎，司机却全速开动了车子。司机一直按"之"字形路线行驶，疯狂超过一辆辆前方的车辆，闯过一个个红灯。轮胎发出的声音太刺耳了，惹恼了行人，他们全都在诅咒方向盘后面的那个疯子，却忽视了凯厄斯的呼救声。凯厄斯又想去阻止那个司机，可每次转弯，他都被从车子一边狠狠甩到另一边。

过了一会儿，那个疯狂司机总算把车停在了一个仓库前。他没有立即下车，也没有说什么，只是冷漠地看了一眼蜷缩在座位上的晕车乘客，恶毒地笑了起来。

"有什么好笑的？难不成你还想让我给你小费？"凯厄斯气愤地说。

那个人冷静地举起手，缓缓撕掉脸上的假皮。凯厄斯厌恶地盯着他，惊讶地说："你怎么……"

司机继续撕假皮，凯厄斯方才意识到皮下还有一张脸。他仔细看着这个人，觉得他有点儿像日本人。司机彻底撕去假发和假皮之后，露出了微笑。

"你喜欢我的伪装吗，老板？"

"老板？我是老板？你到底是谁？怎么把车开成那个样子？"

"我要带你来我们的总部,而且不能被人跟踪。我想我是有点儿兴奋过头了。"

"总部?"

"噢,得了吧,特工 X。自从看到你坐在预留座位上的那一刻,我就知道是你。"

"特工 X,什么意思?我在飞机上没看到你。"凯厄斯还是不明白这到底是怎么一回事儿。

"对不起。我是不是闯祸了?"司机模仿那个胖女人尖利刺耳的嗓音重复了一遍飞机上的话。

"你就是那个把录音机压扁的胖女人?"

"绝妙的伪装,你觉得呢?"

"你差点儿没把我压死!"

"你不该在飞行期间打开包裹。我必须立即采取行动,不然录音机就会爆炸。"司机停顿了一下,然后仿佛自言自语似的继续说,"你伪装成了一个少年,我很喜欢。我原以为会来一个没啥创意的特工,毕竟他们总是派一些穿黑西装、戴墨镜的人。"他看看凯厄斯,又道,"你的伪装真棒,特工 X。尤其是那顶帽子,真是妙极了……"

凯厄斯恍然大悟,原来他被误当成了那个没能上机的倒霉乘客,而且,照现在的状况来看,他是在错误的时间来到了错误的地点。

"我为方才的事向你道歉。"司机向凯厄斯伸出手,"我是千面人!"

凯厄斯大吃一惊,机械地和他握了握手。司机走下车,打开乘客门。

"来吧。我们去仓库,或者说,去我们的总部。"

凯厄斯不知道该说什么,只好下车,跟着这个易容高手走进仓库。

来到这栋荒凉的建筑里面,千面人走近一个高至屋顶的装货箱。他轻拍木箱,摸到了一个伪装的按钮。他一按下按钮,就出现了一个玻璃孔,里

面有闪亮的红光。千面人把左眼靠在孔洞前，红光扫描了他的瞳孔，确认了他的身份。装货箱忽然打开，露出了一架升降梯，他们走入电梯，门即刻关闭，然后电梯以不可思议的速度载着他们下降。来到地下室，门开了，凯厄斯被眼前的景象惊呆了。

眼前是一大片区域，很多士兵正在进行不同的行动。一些人在使用激光枪练习射击，瞄准并准确命中远距离外的小靶子；一些人则在模拟战斗；还有些人正在练习集中注意力。千面人带凯厄斯四处转了转，然后带他来到一个房间，里面有几个人正在操作电脑。他们前面有一幅巨大的世界地图，上面显示了正在执行任务的特工所在的位置。电脑屋的旁边是个实验室，凯厄斯看到了各种间谍工具，有像衬衫小纽扣的电话，有手指甲形状的相机，还有一辆正在接受测试的黑色跑车。人坐进车里，安全带就会自动扣紧，速度和方向都由电脑自动控制，以免刮花车体或令驾驶员受伤。

"这车可真丑。"凯厄斯说。

"我们的车必须普普通通。"千面人厉声道，"不少训练有素的特工都死在了意外事故中，我们已经受够了。如果让平民百姓遇到生命危险，那还怎么拯救全世界。"

"可仅靠一台电脑就够了？如果他们接受过精良训练，就应该明白怎么开车。"

"我们也是这么想的。但是，偏偏这样的事就是层出不穷，有位优秀的特工每次都把车子撞个稀巴烂，只好从事故现场逃跑。"

"他怎么了？死了？"

"那倒没有。我们把他开除了，他现在在好莱坞拍电影呢。"千面人走到车边，拍了拍黑色跑车，"他们答应也给我一辆。总部经常抱怨我的违章罚款太高了……"

参观完毕，他们去了另一个大房间，里面摆放了一个椭圆形会议桌和

红色旋转椅,墙上挂着一块白纸板。会议桌上有个布满各色灯光的仪表板、一台幻灯机、几副墨镜和一份文件。

文件的封面上写着:援助小队之反分数行动。凯厄斯好奇不已,拿起文件,打开后读了起来。这份报告清楚地记下了秘密行动组援助小队的任务详情。根据里面的信息显示,有一群自称"分数"的人很难对付,他们喜欢遵照严格的规则,教导人们要待他人如兄弟,学会平均分配。这个组织希望通过这一概念来塑造完美模范市民,从而可以更好地控制他们。这种分享精神可适用于一切情况。他们尤其喜欢对孩子们灌输这种想法,毕竟这样孩子们就不会再为谁多吃了一块蛋糕而争执不休。

凯厄斯对分数倒是了解一二,而且非常不喜欢分数,上次数学考试成绩之所以这么差,全是拜分数所赐。

看完报告, 他陷入了纠结的思考中:"现在根本没人知道我是个假特工,如果对他们和盘托出真相,他们轻则把我遣送至遥远的地方,重则将我灭口,那样我肯定会错过这个当密探的机会,还可能错过不可思议的冒险,也甭想找刺激了!"他又想了一会儿,决定一错到底,就当这个特工 X。

铃声响起。千面人一直在琢磨幻灯机,这会儿他走到桌上的仪表板边,按下按钮,启动了白纸板后面的一扇暗门。一男一女从门里走出来,千面人将他们介绍给凯厄斯。

"这位是负责安全的万能小姐,这位是无所不知教授。"

万能小姐将红头发扎成了辫子,身着军队迷彩制服,脚穿军靴。

无所不知教授穿的是蓝色工装裤,戴着小圆眼镜。他的蓝色头发冲上立着。看到他拿着这么多文件,凯厄斯惊奇不已。

所有人都在会议桌边坐下。无所不知教授分发小册子,示意千面人演讲开始。千面人按下了仪表板上的一连串按钮。所有大门接连关闭,白纸板再次出现。灯光熄灭后,万能小姐给大家分发眼镜,然后打开了投影仪。

"请各位戴上眼镜。"无所不知教授要求道。

教授开始一一介绍幻灯片上出现的分数成员:"这些是分数组织的首脑,代号分子。他们处在分数组织的最高位置。"

通过眼镜的特殊镜片,小组成员坐在桌边,可以看到三维立体图像。

$$\frac{2}{17} < \frac{3}{17} < \frac{5}{17} < \frac{7}{17} < \frac{9}{17}$$

教授要求放另一张幻灯片:"这些人代号分母。他们长期在地下工作,不像分子那样抛头露面。"

$$\frac{3}{11} > \frac{3}{12} > \frac{3}{15} > \frac{3}{23} > \frac{3}{34}$$

"由上面这两个不等式,我们可以知道:分母相同,分子越大,分数的值就越大;分子相同,分母越小,分数的值就越大。比如说,我们把同样大的一块巧克力分成两份和十份,得到每份的大小是不一样的,这就是我们刚说的分子相同、分母不同的例子。"

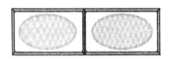

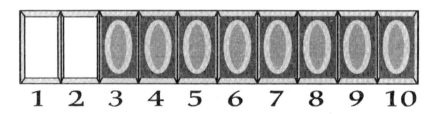

"可以看出,分数其实热衷于把东西分成等份,以免兄弟姐妹之间发生纷争。只要不打架,人们永远很守规矩,而且更厉害的是,分数是无穷的。"无所不知教授总结道,"现在请注意分数的类型……"

"喀!喀!"

"什么声音？"无所不知教授一边环顾房间，一边厉声询问道。

原来是凯厄斯和其他人正忙着吃千面人偷偷拿出来的巧克力。万能小姐谦和地看着教授，伸出手说："你要不要也吃点儿？"

"我们这么工作像什么样子啊？"无所不知教授往下方瞥了一眼万能小姐手里那块诱人的巧克力，改变了语气，"你们也太过分了吧，只留给我这么一点点！"

无所不知教授一边津津有味地嚼着巧克力，一边继续解释："知己知彼，百战百胜！让我们来见识一下这些家伙平时的装扮吧！"说完，便在幻灯片上演示起来。

1.真分数。分子小于分母，并且分子和分母无公约数（除 1 以外）。

例如：$\dfrac{5}{6}$　$\dfrac{8}{15}$　$\dfrac{4}{9}$

2.假分数。和真分数相对，分子大于或者等于分母的分数，即假分数大于 1 或者等于 1。

例如：$\dfrac{5}{4}$　$\dfrac{7}{7}$　$\dfrac{200}{13}$

千面人举手问道："太迷惑人啦！还可以举一些假分数的例子吗？"

一个女孩站起来说："$\dfrac{9}{1}$ 就是整数伪装成分数了呀！"说完，又在白纸板上写下了几个假分数：$\dfrac{16}{4}$、$\dfrac{32}{8}$、$\dfrac{20}{5}$。

"看这里！"千面人指着白纸板大声说，"在所有例子里，分数都代表4。"他突然表现出一副很担心的样子，"分数的伪装手段这么高超！这样说来，所有整数都可以乔装成假分数啊，那分数岂不是无穷的了！我看我们必须派人到敌人内部做卧底，找到分数的弱点，只有这样，我们才能顺利破案啊！"

教授拿起一个红色文件夹,说:"几天前,我们的密探发现分数组织制订的一个计划。只要有人拒绝学习分享,他们就会绑架这些人,然后在一个隐秘地点给他们上课。"

"我知道该怎么做了!"凯厄斯学着电视里的高级特工的语气说,"跟我来!"

"去哪儿,特工 X?"万能小姐问。

"餐馆。"

"什么?有什么任务?"千面人有点儿吃惊,"我还不饿呢。"

"信我的没错。在去餐馆之前,我得去实验室看看。"

万能小姐走到凯厄斯身边,用迷人的眼神看着他,问道:"顺便问一句,特工 X,我们应该怎么称呼你?毕竟特工 X 这个名字也太无趣了。"

"你可以叫我鲍勃斯,凯厄斯·鲍勃斯。走吧。"

凯厄斯每次和家人去餐馆,都会生一肚子气。食物是很好吃,服务却很差劲儿。可到了他琢磨着还是自己动手的时候,侍者就会出现,把盘子里的食物分成等份。所以凯厄斯自然会想到,餐馆必定是分数组织最喜欢的行动地点之一。

他的预感准极了。凯厄斯和他的队员来到餐馆,就见一名分数侍者正在桌边分比萨饼。

坐在一号桌的是一对夫妇,所以侍者把比萨饼一分为二。

坐在二号桌的两个男人已经把比萨饼分成了四份,每人两块。

三号桌的两个女人友爱地把比萨饼切成八块,每个人吃四块,仿佛那是开胃小吃。

"这些比萨饼其实就代表量,我们称之为等值分数。"无所不知教授说。

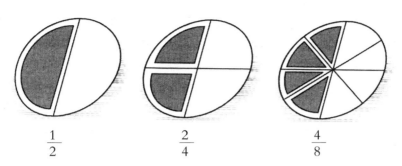

$$\frac{1}{2} \qquad \frac{2}{4} \qquad \frac{4}{8}$$

"如果一直分割成较小的等份,每一份的量就会变得十分微小。"万能小姐说,"不过这就是分数那些家伙最喜欢做的事。"

"同样,他们还喜欢无限扩大。"无所不知教授补充道,"即用相同的值乘以分子和分母。鲍勃斯,快说说吧,你的计划到底是什么?"

"很简单,无所不知教授!留在这里!我会采取行动,等我需要帮助了,就给你们发信号。把这个放在你的衣兜里。"

凯厄斯快步向客人走去。他一只手插在衣兜里,冷静地围着餐桌绕圈子,侍者看到他这样都觉得很奇怪。凯厄斯在一张桌边停住,突然径直走向三号桌的两个女人,然后像只怪兽似的抢着盘里已经分配好的比萨饼。

"是我的!全都是我的。"他喊道,嘴里塞满了食物。

凯厄斯又一把从一个女人手里夺过一块比萨饼,硬塞进嘴里,结果这块比萨饼就这么悬在他的嘴边,活像涂满了番茄酱的舌头。

客人全都吓得目瞪口呆,侍者扑了过来,想制住凯厄斯。

"救命呀!队员们,快来救我!"他喊道。

援助小队立刻冲过去救他。

这下可好,场面变得一团糟,椅子满天飞,其中一把正好击中凯厄斯的后背中间。万能小姐把一个女人丢出了窗外,一个客人想用瓶子砸无所不知教授的脑袋,结果却砸中了另一个侍者。千面人一猫腰,避过了一块朝他的脸飞来的甜品,可甜品正好落到了万能小姐脸上……

"嘀嘟嘀嘟……"忽然间,一辆车疾驰而来,停在餐馆门口。穿制服的护卫拥了进来,他们的徽章上都带有"分数特工局"几个字。其中一个下令逮捕凯厄斯,他们把他押到停在外面的一辆车里。一个护卫绷着脸,在车里盯着他。

"现在你已被捕,我们会带你去一个地方,你将学习讲礼貌,学会不再自私。孩子,很不错的实习课在等着你。"

援助小队的三名成员来到餐馆外面,眼睁睁看着汽车开远。

"我们去追。"

"不要,万能小姐!如果我们去追,只会破坏他的大计。鲍勃斯这是要到分数特工局做卧底,绝不能害他遭到怀疑。他干得不错!"

"可如果鲍勃斯需要我们的帮助怎么办?"

就在这个时候,教授从衣兜里拿出了凯厄斯临走前交给他的那个东西。

千面人认出了那个小玩意儿,高兴得左摇右摆:"我知道这东西!他是个聪明人,我肯定!他从实验室拿了个信号器。"

凯厄斯坐上了一架直升机,飞了很久之后,他发现这些人正飞往印尼的一个小岛,就在巽他海峡①附近。他注意到飞机上的其他犯人后面有两个大箱子。

"那两个箱子里装的是什么?"他问一个护卫。

"噢,那个呀!那个是烟花,带到岛上去的,用来庆祝几天后新国王继承王位。整个地区都要举行庆典,我们都得参加,不然被发现可就麻烦了。"

"注意!"飞行员提醒道,"几分钟后我们即将在分数总部——分数特工局着陆。"

---

①巽他海峡位于苏门答腊岛和爪哇岛之间。

犯人被带到了分类部门进行搜查。凯厄斯想方设法不让他们检查他从援助小队拿来的墨镜。检察员还是检查了眼镜，可他们以为那不过是个普通的 3D 眼镜而已。接下来，犯人被直接带去了一个房间，里面放满了整齐的课桌和成堆的教材，墙壁上还有一块黑板。护卫命令新学生入座。

干等了两个小时后，两个身着白色连体服的男人打开门，走进教室。其中一个自称为"分母教授"，另一个则自称为"分子校长"。

他们来晚了，所以分母教授二话没说，立刻就开始上课。

"你们已经认识等值分数了。现在我来介绍分数运算。"

"我们不想知道！"凯厄斯喊道，马上扮演起了班级里最捣蛋的学生。他摆出一副懒懒散散的样子，"吧唧吧唧"地嚼着口香糖："你们以为你们是谁？我现在就要离开这里！"

"安静！"分子校长喊道，"你叫什么名字，孩子？"

"鲍勃斯。凯厄斯·鲍勃斯。"

"非常好，鲍勃斯先生。"分子校长疾言厉色地斥责道，"听好了。如果你想离开这里，先得学会如何计算分数，否则有你的好果子吃，明白了吗？"

凯厄斯缓缓抬起手臂，表示投降。

"开始了。"分母教授继续说道，"请看黑板，这里是 $\frac{1}{5}$ 和 $\frac{2}{5}$。你们知道如何将它们做加法和减法运算吗？"

犯人们战战兢兢地摇摇头，他们注意到分子校长那刽子手般的凶狠表情，全都老实地等着分母教授公布答案。

分母教授继续解释道："将分母相同的分数相加，只需要把分子加在一起即可，就像下面这样。"

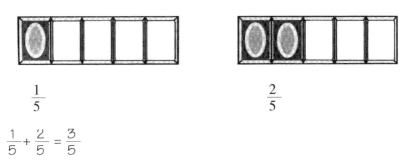

$$\frac{1}{5} \qquad\qquad \frac{2}{5}$$

$$\frac{1}{5} + \frac{2}{5} = \frac{3}{5}$$

分母教授看起来挺像一个对管理学生很有经验的教授。他摆出一副泰然自若的样子,说话也算条理分明。

"那么,亲爱的男孩们,$\frac{1}{2}$ 和 $\frac{2}{3}$ 加在一起是多少?"他问他们。

"这两个分数的分母不同!"坐在第一排的一个犯人喊道。

"说得对。来看看这幅图。"

$$\frac{1}{2} \qquad\qquad \frac{2}{3}$$

"这个问题是有办法解决的。必须让两个分母不同的分数拥有相同的分母,然后加减相同分母的分子,这你们也会计算。"

一见到学生们都在打瞌睡,分母教授气坏了,决定开始更为折磨人的审讯。

"2 和 3 的最小公倍数是什么?"他喊道,"2 和 3 的乘法表中,第一个共同出现的数字是什么?你们快算!"

分母教授明白了,他的教学方法不管用,只好再次改变策略。他爬到一张课桌上,模仿电视节目主持人,还假装拿着一个麦克风:"现在播放的是《分数大小比比看》节目,由数学魔力老师为你带来。"

学生们渐渐有了兴趣,最后他们坐在椅子边沿,往前探着身子,等分母教授在黑板上做进一步解释。

"2 和 3 都是质数。按照最小公倍数运算法则,我们只需要将这两个数相乘即可。因此,它们的最小公倍数为 6。如果我们请等值分数来帮忙,必须用乘以分母的数再乘以分子,但一定要注意分母乘积的结果一定要等于 6。"

分母教授在黑板上写下计算结果:

$$\frac{1}{2} = \frac{1}{2} \times \frac{3}{3} = \frac{3}{6} \qquad \frac{2}{3} = \frac{2}{3} \times \frac{2}{2} = \frac{4}{6}$$

"现在,对于 $\frac{1}{2}$ 和 $\frac{2}{3}$ 这两个分数,你们应该知道它们哪个更大? 相加等于多少? 相减等于多少? "教授满意地看着学生们,补充道,"每次遇到分母不同的分数,不要害怕,只要使用著名的最小公倍数法则,把它们换算成相同的分母就可以啦! "

第一堂课总算结束了,犯人被带到房间里休息。

睡了一宿好觉,第二天早晨,他们来到天井。一个非常活泼的教练手拿话筒,带领他们进行了一系列训练,不过他不太能管得住他们。

早晨健身完毕,犯人被带去了饭厅吃早餐,可这个名为"大杂烩"的套餐却让他们叫苦不迭。

"这是人吃的吗? "站在凯厄斯前面的犯人喊道。

"当然是! "柜台后面的一个服务员答,"这种'大杂烩'可以看作是你们昨天学习的假分数呀,整数和分数的混合,这么多品种放在一起多好吃呀! "

他们很无奈,只能把这道可怕的菜吃进肚子里。

吃完饭,凯厄斯边上一个骨瘦嶙峋的犯人走上前去,说:"这种监狱里

的垃圾食品还不赖,能再来点儿吗?"

凯厄斯心想:"看来分数迷惑人的招数真是厉害啊!被关押的犯人都被洗脑了似的,竟然会觉得这种难吃的菜那么可口!"

忽然,有那么一瞬间,饭厅颤抖了起来。震动太强烈了,所有东西都掉到了地上,不过好在没人受伤。"这是今天第五次地震了。"服务员说。

凯厄斯和其他人排队出去,一个上了年纪的犯人悄悄递给凯厄斯一张折叠起来的餐巾纸,上面写着:

特别注意:

不要把 $2 \times \frac{2}{3}$ 和 $2\frac{2}{3}$ 弄混淆,

$2 \times \frac{2}{3} = \frac{4}{3}$,

$2\frac{2}{3} = 2 + \frac{2}{3} = \frac{8}{3}$,

否则你将受到分子校长的酷刑。

千万别想着逃跑,那都是你的痴心妄想!

回到审讯室,不知疲倦的分母教授接着讲前一堂课后面的内容,凯厄斯又吃起了口香糖。

"我们来学习新的计算:分数乘除。"

"还表演吗,分母教授?"一个学生打趣道。

"不必了!"分母教授厉声道,"我们继续。分数相乘,其实就是将分子和分子相乘,分母和分母相乘。"说完,他在白纸板上写下了一个例子。

$$\frac{4}{8} \times \frac{6}{7} = \frac{24}{56}$$

"但是一定要记得将它们变成不可约形式。"分母教授又在后面补充道。

$$\frac{24}{56} \div \frac{8}{8} = \frac{3}{7}$$

"把下面这句话记在你们的笔记本上,孩子们。重要提示:最大公约数可用来寻找分子和分母共同可除的数,从而得到不可约分数。在上面的例子中,24 和 56 的最大公约数为 8。"

"那除法呢?"凯厄斯问道。

"将第二个分数倒转并相乘即可,比如 $\frac{4}{6} \div \frac{9}{5} = \frac{4}{6} \times \frac{5}{9} = \frac{20}{54} = \frac{10}{27}$。你们都会了吗?我们来检测一下吧!"

他转身在黑板上写了起来:

有人走完了一条小路的 $\frac{3}{5}$,即 420 米,那么这段小路全长多少米?

犯人们七嘴八舌地演算起来:"如果一条路的 $\frac{3}{5}$ 是 420 米,那么这条路的 $\frac{1}{5}$ 是 140 米,那么这条路的长度就是 $140 \times 5 = 700$ 米。"

分母教授满意地看着犯人们,笑着说:"最后只剩下带指数的分数了。这将由分子校长本人来给你们讲解。"

分子校长一走进教室就开始上课:"好了,孩子们!我们来看看分数的幂。分数自乘,换句话说,也就是有理数的幂。"他在黑板上写道:

$$\left(\frac{2}{9}\right)^2 = \frac{2}{9} \times \frac{2}{9} = \frac{4}{81}$$

$$\left(\frac{32}{345}\right)^0 = 1$$

$$\left(\frac{3}{2}\right)^3 = \frac{3}{2} \times \frac{3}{2} \times \frac{3}{2} = \frac{27}{8}$$

"很好!"分子校长说,"现在来看看另一种运算——涉及开方的运算!"

啊！'开方'这两个字的发音真叫人喜欢……不过你们得看清楚是分数的哪部分在根号里。"

凯厄斯用口香糖吹爆了一个泡泡,对分子校长的话摆出一副不以为然的样子。

"警告你最后一次。如果你不合作,就把你关在这里一辈子!"分子校长向凯厄斯走了过去,喊道,"别再嚼你那该死的口香糖了!"

凯厄斯吃力地把口香糖咽了下去。

分子校长在白纸板上写下开方运算的例子,并解释道:"若分子、分母都在根号内,只需将它们同时作开方运算即可;若只有一部分在根号内,则要注意区分根号内外运算!"

$$\sqrt{\frac{25}{64}}=\frac{5}{8} \qquad \sqrt[3]{\frac{8}{27}}=\frac{2}{3}$$

$$\frac{\sqrt{25}}{64}=\frac{5}{64} \qquad \frac{16}{\sqrt{49}}=\frac{16}{7}$$

上完最后一节课,分母教授认为这些课已经足以让这些学生守规矩,所以开始解释下一个任务。

"好了,各位,现在我们要测试你们的忠诚度。你们每个人都要完成一项任务,以便我们检验是否可以用你们来提高我们的组织对这个世界的控制力。不够格的就要被送去重新上课。现在开始,第一个……"

分母教授扫视教室里的学生。他们全都一动不动地坐着,微微有些发抖,活像被风吹动的叶子,唯有凯厄斯还保持镇定。邪恶的分母教授站在凯厄斯前面,低头看着他。

"你,鲍勃斯,是我教过的最冥顽不灵的学生。我们来看看你有没有真的学到知识。跟我来。"

凯厄斯站了起来,快步走到分母教授的桌边,注意到那里有个信封,上面写着"机密！绝密！"几个字。分母教授在众人面前慎重地打开信封。

"凯厄斯，这是你的任务。你要协助我们对付威胁组织的恐怖分子，此人就是自私鬼阿尔。"

"他做了什么，教授？"一个学生问道。

"他把一种化学物质扩散到了世界各地。这种化学药剂能把任何东西变得极具诱惑力，导致受害者打死也不愿意和别人分享。"

"原来如此！"凯厄斯讽刺地喊道，"把他交给我吧。他在什么地方？"

"几天前他就落到我们手里了，这家伙就在天井里，你现在去见见他吧。"

"你们的办事效率真高！我应该怎么做？"

"首先，你必须证明你是我们的人，然后才能亲手干掉他。我们去天井吧，阿尔正在那里等着被处死。"

分母教授还没有等凯厄斯回答，就叫护卫带他去行刑队待命的地方。来到那里，凯厄斯看到了一个胖子，双手被绑在背后。他看起来很害怕，紧张兮兮的，双眼直瞟那些一动不动的刽子手。

下面让我们跟随凯厄斯一起，用分数知识挑战这个"不可能完成的任务"吧！答案见111面下方。

1.凯厄斯注意到 $\frac{2}{3}$ 的护卫都在天井一边，其中 $\frac{3}{4}$ 携带武器。凯厄斯的不利概率是多少？

2.他琢磨是不是可以带那个恐怖分子一起逃跑。天井里有汽车，其中 $\frac{1}{8}$ 是摩托车，$\frac{3}{4}$ 是汽车，还有 2 架直升机。他逃跑时有多少辆摩托车可以供他使用？

"拿起这把枪！"分母教授一边把一个东西塞进凯厄斯手里，一边命令

道,"彻底消灭他！"

"什么？"凯厄斯看着手里的东西,倒吸一口气,"这是块黑板擦！"

"你认为还有什么办法能擦掉这个问题？我提醒你,这可不是闹着玩的,你只有一次机会除掉阿尔。如果错过了机会,你就有大麻烦了。"分母教授一扬手,凯厄斯就听到护卫打开了枪栓。

"这真是太疯狂了！"凯厄斯喊道,"我怎么才能做到？"

"瞧,小伙子。瞄准,按动这个秘密按钮。你还真不是一般的缺乏想象力。"分母教授命令道,"动手吧！"

3.凯厄斯看到天井里有几个油罐。他和护卫走在路 $\frac{1}{2}$ 处,油罐在这条路总长的 $\frac{3}{4}$ 处,他们和油罐之间的距离约为240米。这条路有多长？

凯厄斯信心十足地抬起拿着黑板擦的那只手,冷冷地对准目标。阿尔认命了,抬头望向天空祈祷。这时,凯厄斯突然改变了黑板擦的方向,一下子把粉笔灰弄进了护卫的眼睛里。他们拼命地四散奔逃,而凯厄斯则趁机执行他的大计。

4.凯厄斯飞快地解开阿尔身上的绳子,示意他跟上。凯厄斯本打算驾驶摩托车逃走,不过他想起他还没考到驾照呢。阿尔说他是个技艺高超的飞行员,于是他们决定抢走一架直升机。飞机上的控制面板显示:燃料箱可容纳340升汽油,现在还剩 $\frac{2}{5}$。阿尔没上过课,一下子慌了神,问道:"那我们到底还有多少油？"

凯厄斯还没回答,阿尔就提醒他必须尽快起飞,因为他们所在的这个岛就是喀拉喀托火山岛,因1883年的大爆发而闻名。火山爆发之后,这个岛就变得很不稳定。凯厄斯想起了饭厅里的震颤和炎热,现在全都说得通了。这表示火山随时可能爆发。他们互相点点头,然后阿尔迅速把直升机开

到了空中。

5.过了一会儿,阿尔继续道:"我听说小岛的面积已经减少了$\frac{1}{5}$,$\frac{3}{4}$不适宜居住,只有15平方千米可以居住。这个岛原本的面积有多大?"

6.没过一会儿,他们就发现有架直升机在追他们。追击者想干掉他们,迫使他们的直升机坠机。他们已经飞过了$\frac{2}{3}$的路程了。如果$\frac{1}{8}$的路程是57千米,那么他们已经飞了多远?

7.他们使出了浑身解数去甩掉敌人,可他们的直升机受到了撞击,开始下坠。凯厄斯发现他们已经用掉了$\frac{1}{4}$的燃料,漏掉了$\frac{1}{4}$。如果燃烧一升汽油他们可以飞6千米,那么他们在死之前还能飞多远?

阿尔绝望地喊道:"我们要坠毁了! 我们要撞上火山了! 我们要没命了! "

8.直升机已经十分靠近火山,他们快要掉进去了。接着凯厄斯想到可以把两个大箱子扔下直升机。第一个箱子是飞机重量的$\frac{1}{6}$,第二个是第一个的$\frac{1}{3}$。飞机重约1800千克。每个箱子重多少千克? 他们能做到吗? 阿尔能不再害怕吗? 不要错过下一个问题。

他们倒是成功逃脱了,可盒子里都是烟花,火山上上演了一场焰火表演,皇冠形和心形焰火冲上天空。

"只有密探才会想到用这种不显眼的方式宣布自己的到来。"千面人驾驶着一架涡轮直升机,嘲弄道。

这就是援助小队需要行动的信号。一直以来,他们都在利用凯厄斯随身携带的信号器追踪凯厄斯。在搜查的时候,凯厄斯糊弄了检查人员,让他们以为他的眼镜对他非常重要,可事实上重要的是口香糖。之前的一段时

间,队员失去了他的踪迹,这可能是因为凯厄斯不得已把信号器吞进了肚子。

在直升机里,无所不知教授宣布:"每隔 $\frac{3}{4}$ 个小时,我们就和鲍勃斯进行视频联系。"

就在他们靠近海滩的时候,阿尔再也控制不了飞机了,只能选择迫降。幸运的是,这还算顺利。他们从直升机里爬了出来,一脚踩在沙滩上,很高兴再次回到了坚实的地面。

凯厄斯决定去寻找他的救援队。他找出飞机里的一张地图,想要计算他们的位置。

9."如果地图上每厘米相当于 $5\frac{1}{4}$ 千米,地图上显示我们距离分数特工局 24 厘米,那么实际间距是多少? 我们安全吗?"

阿尔一下子跪了下去,愤怒地大喊:"当然不安全,你这个白痴! 你忘了火山了吗? 火山就要喷发了!"

凯厄斯这才反应过来,他吓得手足无措,呆呆地站在原地。可没过多久,凯厄斯就看到了援助小队。阿尔目瞪口呆地看着有人从直升机上扔下了绳梯,他立刻跳起来,爬上了绳梯。他甚至还推了凯厄斯一把,凯厄斯一下子绊倒在地,弄伤了腿。

这时,又有一架直升机追了上来。凯厄斯爬上绳梯,可看到机舱内的情景,他吓得一直往舱门外退,最后竟掉了下去。原来,这架飞机虽然外形和援助小队的一样,可里面竟坐着分子校长和护卫们。他们是来追捕阿尔和凯厄斯的。在下坠过程中,凯厄斯拉着其中一只鞋的鞋带,然后用力一甩,把一只鞋猛投了出去,迎面砸中了分子校长所乘直升机的螺旋桨。螺旋桨被卡住了,直升机一头栽进了大海里。

凯厄斯的运气还不赖,他落到了柔软的沙子上,总算捡回了一条命。

"鲍勃斯!"万能小姐从飞机上喊道,"我们来救你。"

"没用的!没时间了!"千面人提醒,"这个火山岛就要爆发了。快看!"

火山冒出了黑烟,小岛在猛烈晃动。队员没有选择,只能尽快逃命。

强烈的爆炸如约而至,小岛向四面八方喷出了岩浆。火山爆发过后,无所不知教授在小岛的遗迹上寻找凯厄斯的踪迹。一连搜索了几个小时后,他望着天空,深深地叹了一口气。

"唉……我敢肯定……凯厄斯去了天堂。"他啜泣道。

一想到失去了这样一个勇敢的少年,每个人都深受震撼,伤心不已。

"快看!"万能小姐指着大海喊道,"那帮分数成员在海里。咱们去把他们彻底消灭了。"

万能小姐很生气,显然是要给凯厄斯报仇雪恨。

阿尔拦住了她:"放他们一马吧!不是他们的错。"他说着垂下了头,像是很同情他们,"仔细想想就会知道,其实他们骨子里并不坏。还要多亏分数特工局的课程,凯厄斯才能想方设法解决所有问题,而我却被吓坏了,连自己都保护不了。"

"好吧!"千面人总结道,"分数是无穷无尽的,消灭分数是一个绝对不可能完成的任务。"

第六章 小 数 迷 航

"太空,是你的终极疆界吗?这是星舰'数学之门号'。一个世纪以来,人类都以探索奇异的新世界为己任,勇敢地前往前人从未去过的地方。在大海的边界以外,在头脑以外……就是那里!超越制度,超越王国,超越空间……

"那里就是终极疆界:小数点!它是有理数的另一种表达方式,有别于分数形式。

"我们将勇气汇聚在一起,去探索小数点后面的未知世界。没有人不怕那个地方,但无从逃避。总有一天,我们将被超越想象力的力量吞没。"

"小伙子,你准备好登上我们的星舰了吗?"

凯厄斯睁开眼睛,那个声音还在继续:"这艘星舰有两种驾驶员。"

凯厄斯听得到那个奇怪的声音,却分辨不出那声音是从哪里传来的。那个声音又道:"现在你将接受一个简短的测试,根据你的成绩,你将得知你会成为哪种驾驶员。"

甚至连短暂的停歇都没有,凯厄斯又一次被一股莫名的力量吞噬了。

很快他就发现自己坐在一张飘浮的椅子上,对面是一个布满全息控制装置的仪表板。他面前有一面巨大的360度旋转屏幕,似乎正在播放恒星和行星快速飞行的3D影像。那个声音继续解说:"要想成为一名驾驶员,必

须证明在需要逃跑和攻击的情况下,你在控制飞船方面拥有良好的反应能力。你接受的测试是:使用你面前的激光笔分解这些分数,将它们转化成另外一种形式——小数。"

屏幕上的影像忽然变了。没有了行星和恒星,飘浮的分数出现在屏幕上。

$$\frac{1}{10}=0.1 \qquad \frac{3}{10}=0.3$$

$$\frac{1}{100}=0.01 \qquad \frac{31}{100}=0.31$$

$$\frac{1}{1000}=0.001 \qquad \frac{451}{1000}=0.451$$

"下列示范将告诉你分数如何转化为小数。"

$$\frac{18}{10}=\frac{10+8}{10}=\frac{10}{10}+\frac{8}{10}=1+\frac{8}{10}=1\frac{8}{10}=1.8$$

$$\frac{247}{100}=\frac{200+47}{100}=\frac{200}{100}+\frac{47}{100}=2+\frac{47}{100}=2\frac{47}{100}=2.47$$

"很好!你可以开始模拟攻击了,不过在此之前,还要提醒你一点。开始

时你有 2000 分。每次冲击成功得 150 分;犯了错误或逃跑,给全体船员带来风险,就扣掉 100 分。噢,不要忘了使用等值分数,进而简化运算。"

凯厄斯看着屏幕,注意到分数正在快速移动,越来越接近他。他像是在玩电子游戏一样,立刻做出反应,开火!

$$\frac{43}{100} = \qquad \frac{5}{25} = \qquad \frac{7}{100} =$$

$$\frac{92}{10} = \qquad\qquad \frac{345}{500} =$$

$$\frac{17}{1000} = \qquad\qquad \frac{23}{25} =$$

$$\frac{23}{5} = \qquad\qquad \frac{6451}{1000} =$$

$$\frac{132}{8} = \qquad \frac{15}{300} =$$

"模拟攻击结束:查看分数。

"等于或高于 2400 分:这证明你拥有良好的快速反应能力,可以很好地控制飞船。你的船员很安全,你会成为优秀的星际飞船驾驶员。你的代号为'炫酷先生'。

"低于 2400 分:当心!如果你的分数低于标准,说明你在迎面攻击分数或是花太长时间分解分数的过程中犯了大错,数次使得你的飞船迫降。你的代号为'离开先生'。"

屏幕自行关闭,那个声音再次响起:"注意!新任务即将开始。引擎启动。方向:无穷小数。顺便说一句,你的衣服不行,不如换上我们的制服,怎

么样？"

凯厄斯实在不想再琢磨那到底是谁的声音,他大吼道:"你到底是谁?"

"我是'数学之门号'星舰船长詹姆·基克,我和驾驶台全体成员现在正在执行新任务:穿越边界,学习从这一刻起出现在我们脑海里的新内容——小数点！我们希望能在这次任务中完成目标:用知识占领空白的头脑。"

"我们快到了,炫酷先生,标记坐标,带我们去见小数点。"太空船长詹姆·基克命令道,他住在一个布满卫星和恒星的世界里,若没有了他的船员,他什么都做不了。

"前三个命令的坐标代表小数点左边的整数,另外三个命令代表小数点右边的分数。小数点现在出现在屏幕上,先生。"炫酷先生道。

炫酷先生是日裔,是飞船上的二把手;而一起驾驶飞船的离开先生是俄裔,他是个很有野心的人,只可惜他的经验不如炫酷先生多,总是大错小错不断。

"正在分析小数的属性,船长。"解释先生确认道。

在永恒不变的船员阵容中,解释先生是唯一的外星人:一半是全能星人,另一半是人类,他是科学家。全能星的居民对情感有着超强的控制力,而且拥有高度进化的逻辑感,那里的人为此十分自豪。此外,他们非常执着,面对棘手的问题从不回避和放弃。

"我们来学习读带小数点的数,或者说,读小数。"解释先生补充道,"1.7 读成'一点七',2.23 读成'二点二三'。"

"我们再来看看小数的运算。激活加法,炫酷先生。"船长命令道,他稳稳地站在地板上,目光则落在屏幕上。

"加法。请看屏幕,船长。"

$$5+2.34= \begin{array}{r} 5.00 \\ +\ 2.34 \\ \hline 7.34 \end{array}$$

"再来一个,炫酷先生。"

"请看,船长!"

$$6.45+4.8= \begin{array}{r} 6.45 \\ +\ 4.80 \\ \hline 11.25 \end{array}$$

"分析一下吧,解释先生。"船长要求道。

"记得要把小数点和数位对齐,然后把相同数位的数相加减。不要忘记在必要时使用零来填充,船长。"

"好极了。现在进行其他运算。"船长说,"小数减法,炫酷先生。"

"减法?这样就会出现余数了,船长。"

$$4-2.34= \begin{array}{r} 4.00 \\ -\ 2.34 \\ \hline 1.66 \end{array}$$

$$6.45-4.8= \begin{array}{r} 6.45 \\ -\ 4.80 \\ \hline 1.65 \end{array}$$

"其实小数加法和减法的运算规则是一样的。"解释先生说。

"现在我们来把小数点的力量相乘。我想看看这一运算的乘积。我倒要看看小数点可以走多远。"

船长是个好奇的人,不管是什么结果,他都很高兴了解,因为这样能学到新知识。

"以 2.34 为例,用 2.34 乘以 2。"炫酷先生说。

"2.34×2=4.68,结果也是小数点后有两位数啊。"

"现在用 2.34 乘以 3.45。"船长要求道。

$$
\begin{array}{r}
2.34 \\
\times\ 3.45 \\
\hline
11\,70 \\
93\,6 \\
702 \\
\hline
8.0730 \\
\end{array}
$$

"2.34×3.45=8.073。这样看来,乘积的小数点后面的位数会增加。"解释先生客观地确认道,而其他船员看到作为研究目标的小数点这么擅长向左移动,全都充满了敬畏之情。

船长问:"能再解释详细些吗?"

"没问题!"解释先生耸耸肩,说,"小数乘法仍旧按照整数乘法运算法则来,然后再看乘数中一共有几位小数,就从积的右边起数出几位,点上小数点,但别忘了将末尾的零画去。"

忽然之间,炫酷先生大叫起来:"船长,小数点失控了。它在不断地相乘……"

"通讯官奥哈拉!打开飞船的通讯频道,通知船员:现在是红色警报!"船长焦急地命令通讯官,她一直坚守岗位,此时一扬手,表示她收到了命令。

"我们就要……坠毁了!"炫酷先生喊道。

"逆运算……逆运算!"

"我们坐的可是星舰,没法儿逆着开!"富有经验的驾驶员告诉他。

"谁听说过不能逆着开的飞船?安全带呢?你难道没有注意到我们一直在下坠吗?"

"安静!"船长命令道,"激活武器,做乘法的相逆运算:除法。现在就开火!"

"除法攻击目标,先生!"炫酷先生说。

"那真像个黑洞①,要把我们吸进去……"

"炫酷先生,向黑洞发射磷光鱼雷。离开先生,带我们离开这里。立刻给我开火!"

炫酷先生依令开火,可情况变得一发不可收拾了。离开先生依旧在寻找逆运算,黑洞正慢慢地吞噬飞船。詹姆·基克船长一直在给船员讲他从前的历险故事,希望鼓舞船员的士气,可那些故事太多了,船员听着听着就打起了瞌睡。

解释先生的身体只有一半是人类,所以只有他还是清醒的,他决定好好研究研究这个黑洞。他发现,在很久以前,其他飞船就已经记录了这个现象。在那些记录中,他看到这个黑洞被命名为"循环小数"。就在他读记录的过程中,离开先生的情绪失控了。

"要想离开这里可不容易,船长。我们应付不了这事。都结束了……我要回老家了!妈妈!"离开先生咬牙切齿地说。

"控制你自己!"詹姆·基克喊道,"你大错特错!解释先生,说点儿什么吧!"船长可不想叫船员看出来他被吓坏了,可他这么钟爱的飞船现在被困在了这么黑的地方,换谁都得怕。

"船长,我的看法是,这种现象以恐惧为食。"

"恐惧?"炫酷先生倒吸一口气。

"是的,对未知的恐惧,炫酷先生。"解释先生补充道,"这里这么黑,就是因为没有用知识形成的重力。如果我的望远镜没有看错,那么我们就可以得出一个结论:我们学的越多,就会越深入黑洞。如果真是这样的话,我

---

①科学上预言的一种天体。它只允许外部物质和辐射进入,而不允许其中的物质和辐射脱离其边界。因此,人们只能通过引力作用来确定它的存在,所以叫作黑洞。黑洞可以吸走天体,也可以吸引光。

们一定可以穿越这个黑暗世界，最终抵达一个有着清澈蓝天的世界。循环小数就是一个无穷无尽的数，不过通过我对这种现象的研究，我们可以找到一条逃生密道。我发现循环小数可分成两级。"

"我喜欢你说话的方式，典雅又简练！"通讯官奥哈拉高兴地说。

"请看下面的例子。"解释先生没有理会奥哈拉的插话，继续在白板上写下范例。

1.小数点后面的所有数都是重复的，有一定的周期性和模式。

0.6̇   0.4̇5̇   3.43̇1̇

2.在重复数字前面还有不重复的数字。

0.35̇   6.42̇7̇   2.65̇8̇

"观察结果！小数有多种表达方式。"

"0.6，"解释先生富于戏剧性地接着道，"是一个小数，如果写成分数的形式，则是这样的：$\frac{6}{10}$=0.6。0.6 其实等于 0.60 和 0.600，也等于 0.6000000。

然而，我们可以忽略那些零，因为它们对计算没有影响。可如果是0.6̇，那么这个数字其实是在 0.7 和 0.6 之间。"

"如果我们脑袋一热，把它四舍五入成整数了，会怎么样？"离开先生问道。

"有时候这么做可不好。"解释先生指出，"如果到一个加油站给太空汽车加油，每升超级再生汽油的价格是 0.666 美分，你还会四舍五入成整数吗？"

离开先生被问得哑口无言。

"除非你愿意多花钱。"解释先生继续说道，"所以别再懒洋洋的了，让我继续解释。我们来看一个例子，$\frac{6}{10}$ =0.6 而 $\frac{6}{9}$ =0.6̇。"

"哇！是啊！这也太神奇了吧！"大家一起惊呼道。

"那你们如果遇到像 0.4̇5̇ 这样的小数,该如何把它转化成分数呢？"

大家都沉默了,好像还没有完全领会刚刚那个例子的神奇魔力。

解释先生继续说:"首先,这个数字接近于 0.45,即 $\frac{45}{100}$;其次,观察这个循环小数的循环数是'45',即两位;最后,循环数的个数决定了分母 9 的个数,我们用 $\frac{45}{99}$ 就将这个小数转化为了分数。"

"啊!我们懂啦!再举个例子吧!"凯厄斯仿佛悟出了其中的窍门,想要赶紧证明一下。

"那你试试 3.4̇3̇1̇ 吧！"

"呃,3.431=3+$\frac{431}{1000}$;3.4̇3̇1̇ 的循环位数共有三位,那么就是 $\frac{431}{999}$;所以,3.4̇3̇1̇ 的分数表达是 $3\frac{431}{999}$。"

"嗯,很棒啊！我们可以来总结一下将这些周期循环小数转化成分数的办法:分子是由一个循环节的数字组成,分母的各位数字都是9,9的个数同循环节的位数相同。用字母表示为 $0.\dot{a}\dot{b}=\frac{ab}{99}$。这些冗长的循环小数环绕在黑洞周围,阻挡我们的行进。现在我们要将它们转化为简单的分数,相信我们很快就能穿越过去,逃离黑洞的！"

"可是如果小数点后面的第一个数不是重复的,会怎么样,解释先生？"炫酷先生突然担忧地问。

"我们来看一些例子, 比如 0.42̇7̇ 这个循环小数只重复 7 这一个数字,那么我们就拿小数点后第一个开始重复的数之前的所有数与不重复的数相减,即 427 – 42,所得结果 385 作为分子;由于重复数字只有 7,不重复数

字是 42，所以分母中出现一个 9，两个 0，即 900。最后，$0.42\dot{7}$ 的分数简化形

式是 $\dfrac{427-42}{900} = \dfrac{385}{900} = \dfrac{77}{180}$。"

"明白了！这样说来就清楚很多了呢！"

"那你们再来算一个例子吧！$3.2\dot{7}\dot{5}$ 的简化分数是什么呢？"

"$3.2\dot{7}\dot{5}=3+\dfrac{275-2}{990}=3+\dfrac{273}{990}=3\dfrac{91}{330}$。"凯厄斯很快就在纸板上写下了

计算过程。

"太棒了！现在我们可以总结下混循环小数化成分数的技巧：分子是小数点后面第一个数字到第一个循环节的末位数字所组成的数减去不循环数字所组成的数所得的差，分母的前几位数字是 9，末几位数字是 0，9 的个数同循环节的位数相同，0 的个数和不循环部分的位数相同。用字母表示为

$0.a\dot{b}\dot{c}=\dfrac{abc-a}{990}$。"解释先生高兴地说。

"如果是这样，我们还等什么？赶快把力量付诸行动吧。"船长提议。

"遵命，船长！"解释先生道，"我们现在来对这些循环小数进行分类，然后把它们转化成分数，尽快逃走。我们来大干一场吧。"

说完，他们向眼前冗长混乱的小数冲去。

"我们好像找到突破点了，船长。"医生笑吟吟地说。

"但愿如此，医生！"船长说完开始下新命令，"奥哈拉，打开与工程部的通讯频道。我要和工程师'千杯不醉'通话。"

"频道已经打开，船长。"

"千杯不醉，把飞船带离黑洞，可以吗？激活飞船引擎，我们回家啦。千杯不醉？这是命令。快激活。千杯不醉！千杯不醉——"

"船长！"解释先生尴尬地喊道，"我想我犯了个小错。"

指挥中心的人全都转身看着解释先生，他这人可是从不犯错的呀。

"怎么了，解释先生？"炫酷先生问，他看起来十分担心。

"我刚刚发现我给千杯不醉先生发了太多求解方法。"

"那样不是很好吗？"船长的声音有些有气无力。

炫酷先生似乎明白了解释先生的语中之意，道："船长，我估摸千杯不醉看到解释先生给出了这么多求解方法，一时之间稀里糊涂地喝多了。唉，他现在一定醉得不省人事，不然也不会一直没回应！没办法，我们只能等了。"

"船长！"奥哈拉通讯官突然喊道，她惊恐地睁大了双眼，"那个不愿意穿咱们的制服、戴了一顶棒球帽的船员，他、他、他，他不见了。"

船长感觉头都大了，他用手搓了搓脸，气急败坏地踢飞了挡在他路上的所有东西，然后叫道："到底出了什么事？我要炒他的鱿鱼！"

离开先生向来不能清楚地理解船长的意思，一听船长说了个"鱼"字，他就开始向四面八方发射起了鱼雷，而此刻的凯厄斯已经被时间机器带往下一段旅程。

第七章 重返侏罗纪

这是一个雨夜,电闪雷鸣、风雨交加,能把人的胆子吓破。一辆豪华轿车在空荡的街道上飞驰,来到一座大宅前停下。一个人走了出来,优雅地打开车门,请乘客下车。乘客是一位美丽高雅的女人,身着一袭常春藤绿色长裙。她身边有个男人,此人有一头棕色头发,戴着边缘嵌有晶莹宝石的墨镜,身着黑色燕尾服。他们一起走进了大宅,在那里等候的男仆立刻把他们带进了舞厅。派对热闹得很,挤满了身着华服的客人,大多数人都随着乐队的歌声翩翩起舞。一个高个子的人走过来迎接这两个人,此人是个光头,一双绿色的眼睛闪闪发亮,显得很活泼。

"你们好,迪娃、鲍里斯,宣传还顺利吗?"

"律师先生,我们太忙啦。我们整天都在围绕着那些美丽的模特们做宣传活动呢。你怎么样?"

"这阵子的一系列暴力事件把我们搞得团团转。我整日就待在法庭里,连午饭都吃不上。我的大多数客户都是暴力杀人犯。当然,也有公司找我打官司,但都是有关环境保护和公众健康的案子,我们的律师总是想方设法让他们逃脱处罚。虽然很忙,但实际上我好得很!"

"我看也是。"鲍里斯说。

"你又赚了好几百万,我说对了吧?反正没人猜得透你有什么能耐,可你给旧东西安上新名字,贴上新标签,就能让人们发狂。他们愿意出卖他们那毫无价值的灵魂,来买你那些糟糕透顶的产品。你这本事可是天生的。"鲍里斯嘲讽律师道。

"过阵子吧,请你去我们家,和我们一起共进晚餐。"迪娃说,"我们在伦敦的城堡可算是卖出去了。"

"乐意之至!我没时间吃午餐,可夜晚是神圣的。我总得吃顿丰盛的晚餐,然后美美睡上一觉,才对得起我自己。我甚至还花时间沉思呢。"

"沉思!"鲍里斯大笑着说,"真不错。"

"嗯,把这里当成自己家吧,我去忙了。"他一颔首,便向人群中走去。

就在派对举行的过程中,一团蓝色雾气突然出现在天花板,一声响亮的雷鸣响彻整个大宅。雾气变成了旋风,把一个人刮落到了舞厅中央……人们一直在跳舞,好像什么都没发生似的。

雾气消失了,凯厄斯跌跌撞撞地站了起来,律师碰巧正在他旁边,就帮他整理了一下衣服。

"又一个混进来的,嗯?真够怪的,你们这种菜鸟①为什么就不知道怎么做才能神不知鬼不觉地混进派对?每次偏要闹出这么大动静儿。"一个侍者嘲笑道。

"你应该再好好练练,我的朋友。"律师对凯厄斯说,"下次还是从前门大方地进来吧。我们都不想把派对搞得太古怪,对不对?我是一名律师,你是?"

律师握了握凯厄斯的手,看着他的眼睛。凯厄斯被他那双神秘莫测的绿色大眼迷住了。轮到他说话的时候,他的声音变得非常嘶哑,说了句含含

①初学者,新手。

糊糊的话:"乱乱乱……"

"这话倒不错,这里的确很乱! 我们已经说过了,你下次可不能再像这样掉下来了。"

凯厄斯努力不再看那个男人的眼睛:"我叫凯厄斯,凯厄斯·奇普。"

"噢! 顺便说一句,"律师从上到下把凯厄斯瞧了个遍,"你愿不愿意换一身更合适的衣服? 可以请我的员工帮你。来吧! 去厨房。"

一个一头黑发、左腿有点儿瘸的人一瘸一拐地向他们走了过来。

"噢,绷带先生,过来认识一下凯厄斯·奇普。"

那个人什么都没说,律师碰了一鼻子灰,面露尴尬之色。

"他有点儿害羞!"律师对凯厄斯说,"起码打个招呼吧,绷带!"

绷带向凯厄斯伸出手,凯厄斯这才注意到这个人的手臂上包着完全腐烂的绷带。

"小伙子,看来不止你一个人遇到了意外呢。"律师小声说。

"噢,请原谅我的护士! "一个又高又壮的人打断了他们,"他根本来不及梳洗。我们是从医院的急诊部赶来的。"

"你这么费劲儿,值得吗? "

"当然,律师! 不过还有很多伤者。要是我们有足够的时间给他们治伤,该有多好啊。"这人看到了凯厄斯,说,"很抱歉! 我是哲基尔医生,或者你可以叫我海德先生。"

就在他们说话的当儿,一个老人摔倒在凯厄斯身上。他一把抓住凯厄斯,凯厄斯注意到老人那毫无生气的眼睛周围有深深的黑眼圈。老人推了他一把,然后头也不回地走远了。

"他肯定是喝醉了。"凯厄斯猜测。

"一定不是!"海德先生脱口而出,"这些员工干的是乏味的工作,工作期间是不准喝酒的。他们绝对是僵尸……"

"啊,啊,啊,啊,啊!"

一声有点儿像狼嚎的响亮尖叫声在整个大厅里回荡。凯厄斯慌忙回过头,就见这声音是乐队主唱发出的。

"这声调可真恐怖!"凯厄斯感觉耳膜都要破了。

"说得对!"律师笑着表示同意,"他的歌太吓人了,连一点儿旋律都没有,而且听起来都是一个调儿。以前的音乐人都很有天赋,为了创作音乐不知吃了多少苦头。现在,音乐人只需要出卖灵魂就能出大名。这可容易多了,你们觉得呢?"

凯厄斯还没来得及说什么,一个绿头发的女人就把他拉到舞池,非要他摆开僵硬的身体,和她一起跳舞。凯厄斯甚至都没注意到她的嘴里在喷火。

"绿龙怎么酗酒这么严重呀。"鲍里斯说,"律师,你邀请她来做什么?"

"我只是出于礼貌。你得承认,有她在,派对的气氛就很欢快!"

"这倒是真的!这次的保险费是多少,律师?"

"大约一千万。"

"砰,砰,砰,砰……"

大门处突然传来一阵巨响。音乐戛然而止,所有人都吓坏了,全都一声不吭。

"砰,砰,砰……"

"是她!"男仆绝望地喊道。

"我的前妻?那个巫婆?"鲍里斯倒吸一口气。

"不是,该死的!"海德医生叫道,"比那要糟一万倍!是数学谜怪!它正在撞门呢。它又找上门来了!"

"不能让它进来!"绿龙尖叫着说,"我可没胆子面对它。这里没人敢和它硬碰硬。我们都不会数学,所以几个世纪以来它一直纠缠着我们不放。"

"你说得对。"律师道,"我们不敢面对那头怪兽,不过在这个房间里,并非没有优秀的人可以面对和控制它。"律师缓缓地转过身,看着房间里的一个人,其他客人也都看向同一个方向——凯厄斯。

"我? 为什么总是我? 我甚至都不晓得那头怪兽是什么? "

"看看窗外,凯厄斯。"律师命令道。

凯厄斯直犯愁,却还是听从了吩咐。他慢慢走到窗边,向外张望。外面黑洞洞的,还在下瓢泼大雨,不过此时远方正好劈下一道闪电,他清楚地看到了是什么东西制造出那巨大的声响。

那是一头巨大的怪兽,总共长了 7 个脑袋。怪兽身形如鸟,长着尖尖的鸟喙,皮肤是棕绿色的,猩红色的眼睛闪烁着凌厉的光芒。

"不可能! 这太不可思议了! "凯厄斯一身尖叫,忙从窗边跳开。

"你认识数学谜怪吗,凯厄斯? "律师问道。

"这太不可思议了! 每当我解不开数学题,我就会把数学想象成一只怪兽,就和外面那头一模一样。"

"一千个人的眼里有一千头数学怪兽。①"

"我就是觉得太难以置信了。"凯厄斯停下来喘口气,"数学谜怪的头是砍不尽的! 砍掉一个致命的头,残根上立刻就会长出两个。我能怎么办? "

"是呀,律师! "医生插话道,"你怎么知道这个男孩有能耐? 他不是和我们都一样吗? "

"不,他和我们不一样。刚才和他打招呼,我就明显感觉到他身上有股正能量,而且这种力量非常强烈。"脸色苍白的律师咧开嘴笑了,露出了尖牙。

原来,律师是一只吸血鬼!

①此句改编自莎士比亚名言"一千个读者有一千个哈姆雷特"。

"你为什么不告诉我们？"海德医生生气地喊道。

"我原本只想把他留给我自己享用！一发现他是人类，我就想把他带去厨房，放进冰箱里，稍后好大快朵颐，可你那个蠢货助手破坏了我的大计，所以我决定在派对结束后再动手。当然，我没想到那头怪兽会不请自来。"

"噢，那不要紧！"海德医生喊道，希望让这话题告一段落，"我们感兴趣的是如果他有本事，我们这次就有很大的机会逃走。他应该来点儿计量单位药水。"

"没错，我同意。"律师点头道，"我马上回来。"

律师跑进厨房，到处翻找了一通，终于在烤炉里找到了他要找的东西。

"终于找到你了。"他叹了口气。

律师花了很多工夫才抓住那个东西，结果那东西卡住了，这全都拜那东西异样的大小和形状所赐。

"你怎么去了这么久？现在还不是吃饭的时候，你知道的。"海德医生抱怨道。

"找这东西太不容易了，根本没办法把它从烤炉里扯出来。"

"它怎么会在烤炉里？"鲍里斯问。

"这是我最后一次吸它的粉尘，太气人了，我琢磨着干脆把它烤了算了。"

"很明显，你已经老了，律师！"海德医生咯咯笑道，"你忘了吗，谁都不可能摆脱它的？它的魔力超强，它是死不了的。"

"说得太对了！我只不过把它烤焦了一点点而已。"律师走到凯厄斯面前，把一个东西扔给了他，"接住！"

凯厄斯仔细看着手里这本厚重的书。厚厚的书皮是皮制的，看起来相当古老。

"这本书会教你制作计量单位药水。"海德医生解释道,"你可以按照里面的步骤学习配方,把数学谜怪赶走,让我们远离危险。"

凯厄斯环视众人,只见他们个个都很绝望。比如说,迪娃正在咬她那巨大的指甲,绷带先生则在疯狂地解开他身上那些恶心的绷带。

"快点儿做计量单位药水!只有你能救我们了。"鲍里斯夸张地喊道。

"计量单位?"

"当然了!"鲍里斯已经失去了耐性,不过还是决定解释清楚,"你有没有注意到,在国际度量衡中,我们使用的都是千米、厘米、毫米,而在英美度量衡中,使用的则是英里、码、英尺、英寸?"等到凯厄斯点头了,他继续道,"你能把米换算成千米,把千米换算成毫米,把英尺换算成英里,或是把英里换算成英寸吗?很难吧?但如果你能成功换算,你会发现药水能让你所有的问题都迎刃而解。"

"现在,亲爱的凯厄斯,去书房吧。你就在那里好好研究!我们在这里等着,好吗?"笑容灿烂的律师领凯厄斯去书房,其他客人跟在他们后面。

来到书房,无辜的凯厄斯尽量坐在那张巨大的书桌前一动不动。所有人都急着帮忙把书翻到制作药水那一页。就在凯厄斯开始看配方的时候,他们飞快地退出房间,只把他一个人留在里面。

药水配方

第一步:写出你知道的所有长度计量单位,以递减的顺序将它们写出来。

凯厄斯在书上写道:

国际度量衡

千米(km) 米(m) 分米(dm) 厘米(cm) 毫米(mm)

英美度量衡

英里(mi) 码(yd) 英尺(ft) 英寸(in)

神奇的一幕发生了——凯厄斯在书上写的那些度量衡只停留了3秒，便"咻"的一声消失了，一股青烟飘散在空中。接着，书上又很快出现几行字：

恭喜你！第一步完成了！

第二步：查看国际度量衡中的单位和米的关系；查看英美度量衡中的单位和英尺的关系。

凯厄斯似乎找到些做题的感觉了，他在书上飞快地写下答案：

0.001千米=1米　10分米=1米　100厘米=1米　1000毫米=1米

0.0019英里=1英尺　0.333码=1英尺　11.99英寸=1英尺

凯厄斯的换算又在书上消失了！这次的挑战似乎更难！

准备好挑战最后一关了吗？

第三步：学会单位之间的自由换算。

5千米等于多少米？250厘米等于多少米？

凯厄斯嘀咕着："只要掌握每个单位之间的关系，做乘法或者除法就好啦！"

他在书上自信地写下答案：

5千米=5×1000=5000米　250厘米=250÷100=2.5米

凯厄斯在焦急地等待着结果，这一秒似乎就像一个世纪那样漫长。"叮咚"，凯厄斯往发出这个清脆声音的方向看去——空气中飘浮着一根试管！贴在试管上的便签纸上写着：你的计量单位药水已经准备好！药水应口服！它将赋予你战胜数学谜怪的超强能量！

凯厄斯急急忙忙地拿着药水回到舞厅，却发现大多数客人早就逃走了。事实上，他们真正的如意算盘就是找个人留下来当诱饵，吸引数学谜怪的注意力。

情况已经糟到了极点。外面的暴风雨让人毛骨悚然，可相比房子里面

的恐惧,那就算不得什么了。数学谜怪带来的恐惧令屋内的每个人都做出了疯狂的举动:绿龙一边哭一边攻击,把火喷得到处都是;女巫迪娃拼了命用不同的咒语灭火,可大火还是烧到了后门,堵住了他们的出口;海德医生绝望地咆哮着,尽量躲避大火这个天然的敌人;吸血鬼律师很想飞走,可他的薄翅膀很快就烧着了。

时间紧迫,数学谜怪已经撞倒大门,还把大门撕成了碎片,仿佛那不过是一张纸。一些客人跳窗逃走,个个都挂了彩。凯厄斯也在寻找出路,忽然之间,他感觉到有什么东西从后面推了他一下。他扭过头想看看是谁在推他,却惊讶地发现原来是一把浮在空中的扫帚。一块天花板掉落下来,险些砸到他,于是他看了一眼那把扫帚,毫不犹豫地跳了上去。他以前可没用过扫帚飞行,光是维持平衡就够呛了,不过他还是一边抓着书,一边把脚放在扫帚上。他想把扫帚当成滑板一样来控制,等他终于控制了扫帚,就立刻向窗户飞去。火焰此时已经烧得非常高了。他不得不停下来,深吸一口气,操纵扫帚穿越火焰。他猫着腰,用书当盾牌。火焰碰到了扫帚柄,可他还是想方设法飞走了,远离了这噩梦一般的情形。他深深叹了一口气,回头看那栋大宅,却发现扫帚后面已经被火焰吞噬了。他想着陆,可火焰蔓延得很快,逼着他不得不跳下去。

人们向四面八方逃去,凯厄斯躺在昏暗的街上,他拍拍身上,想确认是否摔坏了哪里,这才意识到他浑身都湿透了。药水书就在他边上。那栋已经被摧毁的房子里不断传来呜咽声和咆哮声。他回头一看,只见数学谜怪越来越生气,因为它连一个人都没抓住。

凯厄斯站起来,看了看四周的街道,琢磨着向哪个方向逃。接着他再次回头看那栋房子,却见数学谜怪已经出来了,这会儿正用 14 只闪亮的猩红色眼睛瞪着他。

凯厄斯吓坏了,连忙向一条小巷跑去。他跑呀,跑呀,后来实在没力气

了,只好靠在墙上,大口大口地喘粗气。不幸的是,一个黑影跃上墙来——怪兽追来了。

"我必须离开这里!"他自言自语。他用手抹了一把汗淋淋的脸,深吸一口气:"我得想办法藏起来,要不就把那家伙打跑。我绝不能死在它手里。绝不!"说完,凯厄斯喝下了药水。

神奇的药水赋予凯厄斯对抗数字谜怪的勇气，他必须利用数学知识战胜谜怪,你能帮凯厄斯完成挑战吗?开动大脑,逃脱魔爪吧!答案见135 面下方。

1.凯厄斯抬头看了看那栋建筑,注意到黑影只差 5 米就把整个建筑都覆盖了。这栋建筑高约 40 米,怪兽的高度为黑影高度的 $\frac{1}{5}$,那么怪兽高多少米?

如果答对问题,前往 A 页查看 A9。然后继续看这一页,解答下面的问题。

如果答错了,前往 B 页查看 B7。

2.凯厄斯在地上找到了一条非常结实的尼龙绳。如果使用 350 毫米长的小臂来测量这根绳子的长度,绳子是小臂长度的 20 倍,那么这根绳长多少米?

答对前往 A 页看 A5。答错前往 B 页看 B2。

3.他从街道一边走到另一边用了 6 步。如果每步的距离为 90 厘米,街道宽多少米?

答对前往 A 页看 A4。答错前往 B 页看 B5。

4.凯厄斯看到了一道巨大的闪电,12 秒后,听到远处响起雷声。空气中的声速为每秒 340 米,闪电在多少千米之外?

答对前往 A 页看 A1。答错前往 B 页看 B9。

5.凯厄斯发现了两根类似的蜡烛,约长 1.5 分米。他在附近找到了一盒只剩下 3 根的火柴。他用一根火柴点燃一根蜡烛。火焰融化蜡,蜡烛在 20 分钟后缩短了 5 厘米。如果每次只点燃一根,这两根蜡烛能给他照亮多久?

答对前往 A 页看 A10。答错前往 B 页看 B4。

6.凯厄斯截取了与街道宽度相同的一段尼龙绳,他还剩下多少尼龙绳?

答对前往 A 页看 A2。答错前往 B 页看 B6。

7.此时,凯厄斯把剩下的绳子系在一个垃圾桶上,然后他把垃圾桶放在一面墙上,扣除 0.15 米,这面墙的高度和剩余绳子的长度相同。这面墙高多少米?

答对前往 A 页看 A7。答错前往 B 页看 B1。

提醒:

如果包括问题 5 在内,凯厄斯错了四次以上,前往 B 页看 B8。

如果凯厄斯错了四次以上,但问题 5 做对了,前往 B 页看 B3。

如果包括问题 5 在内,他错了 2~4 个问题,前往 A 页看 A3。

如果他错了 2~4 个问题,但做对了问题 5,前往 A 页看 A11。

如果他错了不到两次,却做错了问题 5,前往 A 页看 A6。

如果他错了不到两次,但做对了问题 5,前往 A 页看 A8。

答案:1.7 米;2.7 米;3.5.4;4.08 千米;5.2 小时;6.1.6 米;7.1.45 米。

A 页

A1

数学谜怪还很远,却算不上非常远。

凯厄斯需要使用尼龙绳做一个陷阱。他知道街道的宽度,而这是非常重要的信息。

他需要一些正能量,尽可能快地安排好一切。

A2

时间飞逝,凯厄斯需要用尼龙绳赶紧做陷阱。

忽然间,他看到了一个垃圾箱,想到了一个主意。

A3

凯厄斯弄出了很大的动静,数学谜怪一下子就发现他了,它立刻凶猛地跑过来抓他。那根系在街道两边的绳索把他们都绊倒了。凯厄斯强忍疼痛,猛地一拉,垃圾桶砸在了数学谜怪那颗不死之头上,把它砸昏了。

凯厄斯累坏了,又受了伤,不禁瘫倒在地。忽然,他听到有人在说话。两个正在慢跑的男孩听到了声音便过来看看。然而,他们只看到了一个昏迷的男孩,所以决定把他抬出小巷。昏迷之前,凯厄斯看到了一抹亮光,听到了柔和的音乐。

A4

不管情况有多糟,凯厄斯还是努力让自己平静下来。

他觉得这可能只是个噩梦,可为了以防万一,他想最好还是制定一个策略。逃避是行不通的。

知道了街道的宽度,有什么用呢?

他在计划什么呢?

A5

凯厄斯很害怕,结果把那本书掉在了地上。捡起书,他发现里面藏了一把卷尺和一根尼龙绳。

A6

凯厄斯弄出了很大的动静,数学谜怪一下子就发现他了,它立即凶猛地跑过来追他。"砰!"系在街道中间的尼龙绳把怪兽绊倒了。凯厄斯趁机猛地一拉,垃圾桶砸在了数学谜怪那颗不死之头上,把它砸昏了。

带有7个可怕脑袋的怪兽变成了一只火鸟。凯厄斯倒是不怕这头怪兽,因为他知道,一个人面对问题的时候就是现在这个样子。怪兽变成了一只凤凰神鸟,在灰烬里重生,它会拥有更大的力量和更多的智慧。

凯厄斯知道,他对数学的恐惧导致了现在的一切。他和其他人一样,总觉得自己不够聪明,理解不了数学。可事实上,从他鼓起勇气面对恐惧的那一刻起,他将永远具有强大的力量。

噢,他还不够强壮,因为最后他还是昏倒了,在昏迷之前,他看到了一抹亮光,听到了轻柔的音乐声。

A7

这是他能利用的最高高度,因为这个高度等于绳子的长度。

他再也承受不住压力了。

他是否足够坚强,可以承担最终的结果?

A8

凯厄斯弄出了很大的动静,数学谜怪一下子就发现他了,它立即凶猛地跑过来追他,冲到了烛火的照射范围内。"砰!"系在街道中间的尼龙绳把怪兽绊倒了。凯厄斯藏了起来,他猛地一拉,垃圾桶砸在了数学谜怪那颗不死之头上,把它砸昏了。

忽然,7头巨兽变成了一只小狗。

凯厄斯知道,他对数学的恐惧导致了现在的一切。他和其他人一样,总觉得自己不够聪明,理解不了数学。从凯厄斯鼓起勇气面对恐惧的那一刻

起,这头怪兽就不再可怕,这会儿它只会吠叫,偶尔还在他的脚边磨牙和撒尿。

凯厄斯感觉筋疲力尽,再次昏倒之前,他看到了一抹亮光,听到了轻柔的音乐。

A9

凯厄斯答对了,真棒!

他觉得信心更大了。他意识到他有机会战胜数学谜怪了。他可以利用这本药水书,从中找到所有答案。

A10

经过计算,凯厄斯知道一切都会在两个小时之后结束。那抹光十分重要。他必须合理利用火柴和蜡烛,并在有限的时间范围内思考该怎么做。

A11

凯厄斯弄出了很大的动静,数学谜怪一下子就发现他了,它立即凶猛地跑过来追他,冲到了烛火的照射范围内。"砰!"系在街道中间的尼龙绳把怪兽绊倒了。凯厄斯藏了起来,他猛地一拉,垃圾桶砸在了数学谜怪那颗不死之头上,把它砸昏了。

凯厄斯累坏了,身上都是伤,他越来越疲倦,终于瘫倒在地上。他听到有人在说话。两个刚在医院值完夜班的男孩听到声音便过来看看。然而,他们只看到了凯厄斯一个人,所以决定帮助他。在再次昏迷之前,凯厄斯看到了一抹亮光,听到了柔和的音乐。

B 页

B1

凯厄斯怎么会到了这个地步？

他的手被绳子割伤出了血。

数学谜怪闻到了血腥味，立即跑过来追他。

B2

凯厄斯被绊了一跤，脑袋撞到了路边。

他感觉特别疼，再也坚持不下去了。

他要如何计算计量单位？

他没有卷尺，脑袋昏沉沉的。

他只能想办法用相似物来解决现在的问题。

B3

凯厄斯弄出了很大的动静，数学谜怪一下子就发现他了，它立即凶猛地跑过来追他，冲到了烛火的照射范围内。"砰！"系在街道中间的尼龙绳把怪兽绊倒了。凯厄斯藏了起来，他猛地一拉，垃圾桶砸在了数学谜怪那颗不死之头上，把它砸昏了。

凯厄斯累坏了，身上都是伤，他越来越疲倦，终于瘫倒在地上。他听到有人在说话。两个正在巡逻的警察，听到了声音便过来看看。然而，他们只看到了凯厄斯一个人，所以决定把他抬出小巷，然后去叫救护车。在医院的治疗室，凯厄斯看到了一抹亮光，听到了柔和的音乐，然后再次昏了过去。

B4

凯厄斯冻得直发抖，不小心把火柴掉到了湿漉漉的地上。

他在拿蜡烛的时候烧伤了手指，火焰熄灭了。

太黑了！简直是雪上加霜。

B5

凯厄斯害怕数学谜怪猩红色的眼睛。他仰面栽倒,膝盖被铁条划了一道口子。

B6

该死的!凯厄斯处于更加不利的地位!

数学谜怪似乎失去了耐性。它觉得凯厄斯和派对里的客人一样没用。他向垃圾桶喷出了火焰。

凯厄斯看到垃圾桶,忽然想到可以设陷阱,凯厄斯迅速拿起了另一个垃圾桶。

B7

该死的!凯厄斯惨了。

他会成为数学谜怪的食物吗?还是会变成派对上的怪物之一吗?

当心!他应该从药水书中寻找答案。

B8

凯厄斯弄出了很大的动静,数学谜怪一下子就发现他了,它立刻凶猛地跑过来追他。"砰!"系在街道中间的尼龙绳把怪兽绊倒了。凯厄斯害怕得浑身上下打起哆嗦,可他还是拉动了系在垃圾桶上的绳索。陷阱没起作用,垃圾桶没砸到怪兽,反倒狠狠地砸在了凯厄斯的头上。就在怪兽即将扑到凯厄斯身上,要把他生吞活剥之际,他听到两个人走了过来。两个正在巡逻的警察听到了声音,他们便冲进了小巷。然而,他们只看到了凯厄斯一个人,所以决定把他抬出小巷,还叫来了救护车。在医院的治疗室里,凯厄斯看到了一抹亮光,听到了轻柔的音乐,接着便再次昏了过去。

B9

凯厄斯一时不知该如何是好,便拿起了手边的书想寻找答案。可空气中的恐怖气味一直在蔓延,数学谜怪的吼叫仍在继续!

　　凯厄斯和数学谜怪的第一次深夜相遇就这样结束了，他开始认清现实——只有自己直面数学的勇气越强，掌握的数学知识越多，数学谜怪的杀伤力才会减弱。命运是掌握在自己手中的！他决定和数学谜怪来一次终极对决。要想成功从怪兽身边逃走，就必须快速解决出现的问题。如果做不到，来到最后一个问题之际，机会就可能耗尽。当时间用完，凯厄斯就必须面对被生吞活剥的悲惨命运。你可以一起来帮助凯厄斯吗？快来看看终极任务——挑战百分数！

　　首先，我们要学会如何将分数转化为百分数。以 $\dfrac{3}{5}$ 为例。

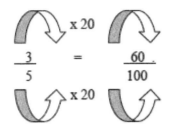

所以，$\frac{3}{5}$ 转化为百分数的形式是 60%。

挑战开始！起始分数为 120 分。答案可参考 144 面的下方哟！

1.$\frac{1}{2}$ 除以 24% 是多少？

答对了赢得 20 分，答错了失去 30 分。

2.现在你将起始分数的 20% 用来加快速度，用 25% 用来帮助朋友摆脱困境。现在还剩下多少分数？

答对了赢得 20 分，答错了失去 30 分。

（注：因为没有看到"最快时速每小时 45 千米"的指示牌，所以在这道题中，你失去了 20 分。）

3.暴龙来到了一个城市，那里有 5150 名居民，他们大部分住在军事基地附近，不过该城市 6% 的居民住在没有保护的荒芜地区里。有多少居民会成为超级蜥蜴的零食？

答对了赢得 20 分，答错了失去 30 分。

（注：如果你把前面三道题都答错了，现在就只有 10 分了。下一道题必须答对。）

4. 要想多赢得 20 分，请计算 40% 除以 35%。

（注：这道题很简单！这可是提升分数的大好机会！）

答对了赢得 40 分，答错了失去 30 分。

检查你的分数。如果你的分数为负数,那你就出局了!

5.暴龙截住了一辆载有 840 名乘客的火车,其中 35% 是女性。车上有多少名男性?

答对了赢得 20 分,答错了失去 30 分。

如果你答对了第五题,就拯救了列车上的乘客。现在你是个英雄了!

6.那头暴龙依旧逍遥法外。你必须设置陷阱将它捉住。要想做到这一点,就需要 2150 分。你的朋友帮你集齐了 1290 分。你所欠缺的分数占总数的百分之多少?

答对了赢得 20 分,答错了失去 30 分。

7.你存够了钱要去买一辆新车。最后,你以七折的价格买到了车,原价是 81900 个硬币,那么你省下了多少个硬币?

答对了赢得 60 分,答错了失去 30 分。

这可是又一个提升分数的机会! 如果你做得很不好,做错了超过 50% 的题目,那么你最好还是快跑吧,否则城市里的人可能会把你当成诱饵拖住暴龙呢。

8.将分数 $\frac{2}{5}$ 转化成为百分数。

答对了赢得 20 分,答错了失去 30 分。

9.最后一次机会! 计算:$(1 - 75\%) \times 4$ 等于多少。

答对了赢得 20 分,答错了失去 30 分。

满分:340 分

超级英雄:310 分以上　平民:220 分以上　逃亡者:130 分以上

答案:1.你省去 2.08 元 2.66 分 3.309 人 4.你省去 1.143 5.546 6.40% 7.24570 8.40% 9.1。

第八章　X　档　案

　　这一回,凯厄斯又不知穿越到了哪里。他醒来的时候,感觉全身毫无力气,脑中的记忆似乎都是别人的。

　　他艰难地四处张望,才发现他身处一个房间。他面前有个打开的衣橱,里面都是一模一样的黑色西装。在一股难以抑制的冲动下,他穿上了一套西装,然后跟跟跄跄地走到了一张小桌边,发现桌上面有个钱包。他打开钱包,看到里面有一张身份证。

　　"见鬼!"他怪叫一声,那上面明明是他的照片,却配着另一个名字——糊涂涂。

　　一个声音,噢不,应该是一段记忆入侵了他的脑中:"你可能被时光隧道吞没,被送到任何时期,可能是过去,也可能是未来,还有可能是二维空间,并且会变成另一个人。"

　　就在这一刻,仿佛有另一个人控制了他的意识。他没有力气去反抗,只好缴械投降。

　　"不论何时,不论何地,我和我的拍档都会被召去解决神秘案件。我们不知道案件会涉及什么,也许是外星人,也许是超自然现象,也有可能是悬而未决的袭击事件。

"小固执特工就是那种只相信事实不相信直觉的人。我是糊涂涂特工，我认为一切都有可能。人们应该相信任何事都可能成为现实。其实，过了没多久，我就明白了，我和我的拍档一定会无休无止地吵下去，因为我们的性格差异太大！"凯厄斯的脑中又传来一段声音。原来，凯厄斯此刻已变成了特工糊涂涂，要与小固执特工一起去侦破神秘案件。

来到犯罪现场，他们很快就控制了局面。他们先去找警察和急救医生收集信息，然后协助急救医生运走被害者的尸体。

我们发现，被害者是名考古学教授，被一箭正中心脏。那支箭看起来很新，却有着只有在博物馆里才能看到的古希腊武器的特点。

尸体旁边有一张很像羊皮纸的东西，旁边是一张普通的纸，这张纸上的内容看来很像那份羊皮纸上密文的翻译，内容如下：

LAT

人马兽比人羊兽大8岁。它们的年纪加起来是42岁。人马兽多少岁？

MAR

一个减法运算中的3个数的总和是204，被减数和减数相等。余数和减数各是多少？

LON

我们见到森林里有20只人马兽和人羊兽。这些神话怪兽一共有72个蹄子。人马兽和人羊兽各有多少只？

TEMP

我们有数十亿年，光很慢。门是唯一的解决办法。

纸上记有答案的那部分被撕掉了。

考古学家可能因为知道太多而被灭口，他们必须找出答案，才能破案。是谁杀了他？那张纸有什么特别？那支箭背后有什么秘密……太多谜团困扰着他们。

他们从第一个问题开始。小固执建议把问题输入电脑,不过糊涂涂决定还是使用铅笔和纸,按照数学方法来求解。糊涂涂在纸上开始演算:

以 C 指代人马兽,S 指代人羊兽,人马兽比人羊兽大 8 岁。

所以 C=S+8。

它们年龄的总和为 42,所以 C+S=42。

在第二个等式中,用 S+8 来代替 C 的值,即 S+8+S=42。

所以 2S=42-8,S=17。

"所以人羊兽的年龄是 17 岁!"糊涂涂高兴地大喊。

"明白了!那么人马兽的年龄也可以知道了!"小固执也高兴地回应着。

糊涂涂又写了起来:

如果 S=17,而 C=S+8,

C=17+8=25,

答案:人马兽 25 岁。

"现在来看第二个问题,我们也把它拆分开来计算,假设这三个数是 A、B、C……"

"减法的算式可以这样表示:减数-被减数=余数 ,或者 M-S=R。"小固执赶紧插嘴道,生怕糊涂涂的聪明才智盖过自己似的。

"根据命题可知,M+S+R=204,M=S。现在你说该怎么算减数 M 呢?"糊涂涂戏谑道。

"太简单了吧!M=S,所以 M-S=R=0,M+S+R=M+M+0=204,M=102。"小固执有点生气地说。

"不错噢!"糊涂涂高兴地在纸张又开始写起来。

答案:余数等于 0,被减数和减数等于 102。

"太棒了!"小固执急着完成推导,"现在我们只需要找出'LAT'和'MAR'的含义就成了。"

"现在来看最后一个问题,把题目拆分。我们看到森林里有 20 只人羊兽和人马兽。"

"这太简单了。"小固执说着给出了答案,"C+S=20。"

"对!那么另一部分的命题呢?"糊涂涂好奇地说,"这些神话怪兽一共有 72 个蹄子。那每种怪兽各有多少只?"

"哎呀,我们都不知道人马兽和人羊兽各有多少个蹄子,怎么能算好呢!"小固执焦急地叫了起来。

"那我们在图书馆里找找资料吧!"

他们在图书馆里整整待了一宿,第二天早晨,他们总算是找到了与这个案子有关的信息:

1.人马兽和人羊兽都是公元前古希腊神话中的怪兽。

2.人马兽腰以上是人形,腰以下是马形。因此,它们有 4 条腿。

3.人羊兽很丑,有很多毛发,住在森林里,会吹长笛。它们的上半身是人,下半身是羊。然而,它们可以像人一样直立,而且只有 2 条腿。

4.人马兽使用弓箭打猎或打仗。

糊涂涂赶紧在纸上开始演算:

$C+S=20,4C+2S=72$。

"现在该怎么办,糊涂涂?"小固执似乎被弄迷糊了,不知该怎么计算了。

"先把 S 分离出来。"糊涂涂说完,写下答案。

$S=20-C$,所以 $4C+2S=4C+2(20-C)=4C+40-2C=2C+40=72$。

所以 $C=16$。

$S=20-C=20-16=4$,

答案:有 16 只人马兽和 4 只人羊兽。

"这样的问题什么时候才算个完呀,糊涂涂?我真讨厌这些不存在的怪兽。它们只不过是希腊人创造出来的神话而已嘛。"

"你又犯老毛病,什么都不相信了。听着,小固执!我相信我们碰到了一个大案子。"糊涂涂一边说话,一边在屋里来回踱步,"现在看来,这起案子或许……"

"或许什么?"他问道。

糊涂涂停住脚步,深吸了一口气,鼓起勇气继续进行折磨人的推理:"或许……那些怪物不只是传说,它们是……"

"什么?"小固执翻翻白眼喊道。

"或许那些怪兽就在这里,或许它们在另一个星球上!我怀疑那些答案,也就是我们得出的数字,指的是坐标。而'LAT'的意思是纬度,'MAR'的意思是标记,而'LON'……"

"是经度。"小固执说出了糊涂涂要说的话,"'LAT'是纬度,即 25 度;'MAR'是标记,根据我的计算,它的值是 0 和 102……'LON'是经度,经度是 16 和 4?"

"不!不是 16 和 4,是 164 度。"

"'TEMP'呢?这个词很奇怪。'我们有数十亿年,光很慢。门是唯一的解决办法。'这个又是什么意思呢?"

"这是解决一切问题的关键,是指我们到那里的距离!'门是唯一的解决办法',应该指的是时空隧道。标记 0 应该是指从地球的特定位置出发,102 应该指从出发地点到我们的星球之外另一个点的距离有 102 光年。"

糊涂涂赶紧抓住一张地图,按照已经算出的经纬度标出坐标,结果让他们震惊了:"这些坐标代表的区域靠近墨西哥湾的回归线。你自己看看吧,小固执!"

小固执拿起一把尺子,计算了一次又一次。他累得再也算不动了,转过头来看着糊涂涂,用颤抖的声音道:"肯定是弄错了。那里可是百慕大三角,常有船只和飞机在那里失踪,却连个碎片都找不到,是全世界最令人发怵的地方之一……"

他们看着对方,一时不知该说些什么了。因为这些都还只是他们的猜测,没有具体证据能证明。说不定他们的推断又会被他们的上司认为是胡言乱语,然后这个案件会被列入悬案之列,永远得不到解决。

"我们回家吧,糊涂涂。我们需要休息。明天又是新的一天。"小固执用手摸摸糊涂涂的头,难过地看着地图。

糊涂涂转过身刚想说话,却看到小固执的脸上露出了吓人的表情。糊涂涂的身体在小固执的眼前一点点地消失在了一团蓝雾中。小固执要抓住糊涂涂的手,可他们之间的距离越拉越大。糊涂涂的手几乎变成了透明的,变得越来越小……凯厄斯的意识终于和糊涂涂分开了,他被时空隧道吞没,前往下一段的旅程。